PATRICK POIVRE D'ARVOR

Lettres à l'absente

ALBIN MICHEL

Paru dans Le Livre de Poche

LES ENFANTS DE L'AUBE
LA TRAVERSÉE DU MIROIR
LES FEMMES DE MA VIE

LETTRES À L'ABSENTE

Patrick Poivre d'Arvor est né à Reims le 20 septembre 1947. Il est licencié en droit, diplômé des langues orientales et du centre de formation des journalistes. D'origine bretonne, c'est dans son enfance et dans son adolescence qu'il a fouillé pour les premiers pas de son œuvre littéraire : Les Enfants de l'aube *(1982) et* Deux amants *(1984). Il a ensuite exploré ses racines avec son frère Olivier (*Le Roman de Virginie, *1985) – prix des Ecrivains bretons – avant de s'intéresser aux reflets de l'approche de la quarantaine dans sa glace :* La Traversée du miroir. *En 1988, ce sera* Les Femmes de ma vie. *Il a également signé un ouvrage sur Mai 68 en France et dans le monde entier (*Mai 68-Mai 78*) et un album sur* Les Derniers Trains de rêve, *tiré des deux tours du monde en train qu'il a effectués pour « Paris Match ».*
Sa deuxième passion est en effet le journalisme. Après sa victoire dans le concours « Envoyé spécial » sur France Inter en 1971, il a travaillé trois ans à la radio avant d'entrer à Antenne 2. Il y fut chef du service politique puis, pendant sept ans, présentateur et responsable du Journal de 20 heures. Après son départ en 1983, il continua de produire l'émission « A nous deux » tous les samedis.
Editorialiste pendant huit ans toutes les semaines au « Journal du Dimanche », il fit également un passage sur Canal Plus (« Tous en scène ») avant d'animer, pendant deux ans, l'émission « A la folie », tous les dimanches après-midi sur T.F.1. Depuis septembre 1987, il présente le Journal télévisé à 20 heures sur T.F.1. et produit l'émission littéraire « Ex libris ».
Patrick Poivre d'Arvor a quatre enfants. Il adore la mer, la Bretagne, les îles, les trains, le cinéma, l'opéra, les rencontres et l'inattendu...

« Solenn a seize ans. Elle en aura bientôt dix-sept. Un anniversaire en liberté s'ils la relâchent d'ici là.
Elle souffre d'anorexie mentale.
Mentale, ça va avec le nom de la maladie mais ça ne me plaît pas.
Elle a la tête qu'il faut, à l'intérieur comme à l'extérieur.
Elle est très belle, très blonde, très douce, très têtue, très sensible.
Cette fille-là, ma petite fille, c'est une capteuse d'ions, une éponge à émotions. Elle attrape tout ce qui passe dans l'air, et que personne n'a vu. Je la crois douée pour le bonheur, à condition que le bonheur lui ressemble.
Mon combat aujourd'hui, c'est celui que je mène contre moi-

(Suite au verso.)

même pour comprendre le sien, la traversée de ses abîmes, le sens de ce voyage qu'elle accomplit seule, enfermée dans cette maison de verre, dans ce rêve de pureté immaculée que je voudrais tant partager avec elle.

Mon héroïne, ma drogue à moi, c'est Solenn. C'est elle qui m'aidera à vaincre. À mon tour je la ferai gagner. »

à Véronique

« Il n'y a pas de moyen plus efficace de supporter la douleur que la mortification et l'autotorture. La douleur te ronge, te sape et t'engloutit ? Frappe-toi, gifle-toi, fouette-toi jusqu'à ce que tu éprouves des douleurs plus épouvantables. Certes, tu n'en triompheras pas de cette façon, mais tu la supporteras et tu en tireras bien plus qu'en l'acceptant médiocrement. Offre ton corps à la mortification, embrase-le que le feu en sorte, bande tes nerfs et serre les poings comme pour tout casser, comme pour embrasser le soleil et repousser les étoiles. »

CIORAN
Le Livre des leurres

Le Kremlin-Bicêtre, 1er octobre

Je rôde. Je tourne autour de toi, de ton vide, de ton absence. J'ai vu ce matin ta cellule, de loin ; ta prison, de trop près. Tu m'as aperçu. En échange, tu m'as offert ta petite main. Je l'ai trouvée très blanche. Derrière ta main, une manche, bleue — je crois me souvenir de ce pull-là. Mais derrière la manche, rien. Les vitres sont légèrement teintées. Tu n'as pas le droit de les ouvrir de plus de dix centimètres. La semaine dernière, ta mère m'a dit que tu avais essayé d'y passer la tête mais, tout décharné qu'il soit, ton visage de Jivaro ne pouvait se frayer le passage... Elle n'a vu qu'un bout de nez, un menton et une demi-pommette.

Dans la cour de l'hôpital, en bas, la vie devait te sembler s'écouler comme avant, tout au long de ces vingt jours qui t'ont déjà séparée de nous. Deux infirmiers en conversation animée m'ont croisé. L'un d'eux m'a regardé en coin, furtivement. J'ai déplacé mon scooter, pour être un peu plus seul, face à toi, face au chagrin qui montait. De là, je voyais mieux. Deux silhouettes dans ta chambre, derrière le vitrage. La première, blafarde, s'agitait. Ce devait être ton médecin, avec lequel je venais de passer une heure. Elle te prévenait, sans doute, de ma présence. Et c'est là que j'ai vu ta main, secouée comme une feuille d'automne. Une main peut dire le bonheur, je crois. Elle m'a dit quelque chose d'approchant, ce matin-là. J'ai mimé le bonheur, à mon tour, plus démonstratif que je ne sais l'être à l'habitude. En te guettant, j'avais pensé lever le pouce dès que je t'apercevrais, histoire de te donner du courage. Et surtout, de m'en donner. Mais cet optimisme-là était mensonger et tu ne méritais pas ça. Trois semaines déjà que tu me manques, trois semaines sans toi, et pour cette seule minute de retrouvailles, un premier faux-semblant ? Il y en a eu tant auparavant...

Je n'ai donc pas levé le pouce, j'ai baissé l'index, machinalement, vers ce scooter qui était le tien, avant l'hôpital, en espérant que tu retrouverais avec plaisir ton petit cheval blanc. Tu ne pouvais plus l'enfourcher ces derniers mois, à bout de forces. Je l'ai emprunté ce matin, le mien avait refusé de démarrer.

On m'a dit que tu avais été contente d'entrevoir ta Vespa et davantage encore ton père dessus. Un peu ridicule sur un si petit destrier et sous ce casque qui me protège simplement des regards des passants qui vont et viennent dans la cour. Je ne connais pas bien l'univers d'un hôpital, mais il m'a semblé qu'autour y grouille une vie banale, sans larmes, sans douleur excessive. Je n'y vois pas beaucoup de blouses blanches, j'y devine des médecins, mais sans certitude, des infirmières peut-être, des parents de malades ou des anciens malades. Chacun vit, c'est déjà ça, et court vers son destin. D'en haut, une fourmilière sans doute.

En bas, toujours le même rôdeur et toujours pas de malades. Ça se reconnaît un malade, même sans robe de chambre. Ça va toujours plus lentement que les autres. Et au fond, elle m'arrange, cette absence de malades. Ils m'auraient dévisagé, tourné autour, à leur vitesse d'escargot. J'aime mieux les passants. Par définition, ça passe et ça vous laisse tranquille.

Tranquille pour examiner l'affreux parallélépipède, cette excroissance qui s'impose comme une verrue sur la façade arrière de l'hôpital. Et c'est dans ce cube qu'ils ont rangé ma petite fille.

Noyant, 3 octobre

Un samedi en Anjou.

Je galope. Bouche ouverte. A m'en faire exploser les poumons. De l'air, de l'air. De l'eau. Il pleut. Encore. Octobre a déjà la tête mouillée. François chevauche à mes côtés. Il se tait, me laisse seul avec toi. Je t'ai perdue, j'ai envie de me perdre dans la forêt. La grande nuit des bois noirs, celle des papas à qui on a volé leur fille.

Depuis quelque temps, je ne lis plus la nuit. Je ne sais plus qu'aimer, à tour de bras, à tour de cœur.

Florence, 6 octobre

Solenn a seize ans. Elle en aura dix-sept le 11 décembre. Un anniversaire en liberté s'ils la relâchent d'ici là. Elle souffre d'anorexie mentale. Mentale, ça va avec le nom de la maladie, mais ça ne me plaît pas. Elle a la tête qu'il faut, à l'intérieur comme à l'extérieur. Elle est très belle, très blonde, très douce, très têtue, très sensible. Cette fille-là, c'est une capteuse d'ions, une éponge à émotions. Elle attrape tout ce qui passe dans l'air, et que personne n'a vu. Je la crois douée pour le bonheur, à condition que le bonheur lui ressemble.

Ce soir encore, ma tête s'est laissé envahir par cette façade de béton qui me serre comme un étau.

Cette image de main fugace. Elle était si petite, sa main, ma grand-mère aurait parlé de menotte. Va te laver les menottes, me disait-elle. Ma première larme a tout noyé. A la deuxième, il n'y avait déjà plus de main, ni de silhouette. Tout s'était rétracté derrière la vitre. Juste une absence, une de plus. Les miennes, trop souvent. La tienne, obsédante en ce moment. Tu as dû t'asseoir sur le bord de ton lit ; je ne sais pas si tu as pleuré.

J'ai vite fait demi-tour, je n'étais que fontaine. Tout au long du périphérique, ça n'arrêtait pas de couler. Je ne devais pas avoir envie que ça s'arrête. J'appuyais là où ça faisait mal, j'avais besoin de souvenirs douloureux pour creuser la plaie. Il y avait de la jouissance dans cette tristesse-là. Une manière de dispositif anti-incendie qui déclenche les grandes eaux quand le thermomètre s'échauffe. Ce qui me sortait des yeux me régénérait : un nettoyage de l'intérieur, des toxines qui se frayaient un chemin par tous les pores de la peau.

C'est le mot, même s'il n'est pas beau : je l'ai dans la peau, ma fille. Elle m'habite et ne me dévore pas. Pourtant, avant l'hôpital, elle commençait à nous cannibaliser doucement : sa mère, puis sa petite sœur, puis son grand frère, puis moi. Je ne suis pas sûr qu'elle l'ait désiré mais elle arrivait tranquillement à ces fins-là. Une manière de cri silencieux, d'appel au secours mal articulé.

Nous y répondions, avec trop de prévenances, d'ostentation, et donc de maladresse. Nous l'écoutions, nous la regardions, elle se détournait, allait se préparer un repas de moine bouddhiste, chipotait sur le contenu de son assiette, nous interdisait de parler nourriture.

Nous faisions semblant de ne rien voir. Nous brûlions d'aborder le sujet puisque cette table nous était devenue hostile et que tout dialogue était miné... Elle pressentait tout cela, la petite mule têtue ; elle fronçait le sourcil quand les mots glissaient par inadvertance vers la zone dangereuse. En un millième de seconde, nous devenions indécents. La faute avait repassé la ligne et se retrouvait dans notre camp. Il nous restait toute la nuit pour vivre avec et nous laisser dissoudre. Mangés par elle.

Manger. Le verbe a fini par me répugner. Le verbe, la fonction, ce transit grotesque entre deux extrémités. Il m'arrive, pour ce seul motif, d'admirer des grévistes de la faim. Je les crois purifiés d'une souillure. Des médecins me disent que, passé les premiers manques, les pénitents trouvent un charme trouble à leur état. Quelques saints y ont même découvert le chemin d'une béatification. Le corps s'allège, l'esprit entre en lévitation. Bulle après bulle, le mal-être s'envole. Ne reste plus que le misérable sac d'os dont parlait Malraux.

C'est ainsi que Solenn, qui ne mangeait plus, a fini par nous manger.

Biarritz, 10 octobre

Mon cœur,

C'est si difficile de parler de toi à la troisième personne du singulier. Je t'aime comme je ne t'ai jamais aimée et j'espère bien que je ne vais pas perdre cet amour-là en te retrouvant. J'ai peur que là-bas, on t'en fasse perdre le goût. Je voudrais juste te garder au chaud dans ma mémoire et c'est sans doute la raison pour laquelle j'ai ouvert un cahier à ton intention.

Avant-hier, ton médecin a dit que tu commençais à me regarder d'un autre œil à la télévision. Chez nous, tu me voyais avant le journal, tu me voyais après. Le même bonhomme, la même cravate, les mêmes humeurs. Un lien naturel avec le personnage qui s'agitait dans le rectangle à l'heure du dîner. Depuis, me dit-on, c'est un autre que tu regardes. Un journaliste qui pourrait être ton père, qui ne l'est plus forcément. Ça m'a fait peur, je ne veux pas devenir cet étranger. C'est vrai, je crains ton retour.

L'avant-veille de ton départ vers l'hôpital, tu m'avais suggéré de communiquer avec toi par le petit écran. On nous interdisait de te voir, de te téléphoner, de t'écrire. Pas de régime de faveur, tout le monde logé à la même enseigne, pour créer l'isolement, provoquer la distance, la réflexion, le sursaut. Bon...

Mais tous les deux, on s'était dit qu'on serait plus malins que les autres. Qu'on allait inventer une première au Kremlin-Bicêtre : la télépathie. Pas l'autre, la nôtre : la thérapie par transmission insidieuse de messages télévisuels. Une manière d'amour subliminal, pour dire l'affection et guérir les affections ! Nous n'avions fait qu'évoquer la méthode. J'ai voulu l'expérimenter la veille de ton départ. En prenant prétexte de la rentrée des classes, j'ai réussi à glisser ton prénom dans le journal. Je sais que tu as souri, comme ta sœur que j'avais pourtant fait par erreur entrer en septième dans la même petite phrase sibylline.

Ensuite, j'ai reculé. J'ai eu peur de te meurtrir à distance, peur de ne pas respecter les règles du jeu avec tes médecins. Je me suis aussi trouvé couard. Attendais-tu chaque soir l'allusion ? As-tu pensé que j'avais oublié ? Demain, je tenterai un petit quelque chose. On verra bien ce que l'instinct me dictera de faire. En tout cas, je penserai à toi comme un fou pendant toute la durée du journal télévisé. Et je sais que tu le verras dans mes yeux...

Biarritz, 11 octobre

Souvenirs de Somalie :
Qorioley, 11 septembre

Tu es partie sans te retourner. On l'avait tous les deux voulu ainsi.

Je réécris déjà l'histoire : c'est moi qui suis parti, un peu lâchement, pour devancer l'appel. Tu entrais à l'hôpital le vendredi. Le jeudi soir, je quittais la France pour la Somalie.

La souffrance est parfois romanesque. Pour la rendre acceptable, on a besoin de la mettre en scène. J'ai donc réglé ma sortie.

Un après-midi d'août, à Trégastel, je t'ai vue, de mon bureau, tailler des fleurs. Avec les gestes lents que tu avais en ces temps-là. Tu avais rabattu les bretelles de ton maillot. Ton petit squelette saillait de partout ; il essayait de sortir de toi. Ces côtes m'ont fait mal. D'ailleurs, quand on t'embrassait on se cognait à tes hanches, tes épaules, ton thorax.

J'ai pensé ce jour d'été aux petits Somaliens qui occupaient si docilement nos écrans, nos mises en pages. Je t'ai surnommée la Somalienne. Tu n'aimais pas trop, j'ai arrêté. Mais j'étais rongé par ces images, par ces photos. Mes derniers jours de vacances m'ont paru indécents. C'est là-bas que je devais être. Le jour de mon retour à Paris, j'ai dit oui à Médecins sans frontières qui me demandait de me rendre à Mogadiscio pour témoigner.

Avant de fixer la date du départ, j'ai attendu de connaître la tienne. Pour boire la dernière goutte de notre liberté. Après le journal, je suis rentré ventre à terre, plus tôt qu'à l'habitude. Tu feignais la décontraction. Je ne crois même pas qu'on se soit embrassés. Tu as forcé ton enthousiasme comme souvent, pour te persuader, tu m'as dit « Papa, entre nous, on ne va pas se faire de grande scène. On ne va pas se dire au revoir. » J'ai dit « Bien sûr. » Tu parles. Ça m'arrangeait. Je ne suis pas très porté sur les effusions, ça ne me réussit pas.

L'avion avait le bon goût de partir à 23 h 59. Un horaire de chemin de fer qui me permettait de te quitter la veille de ton long voyage. Histoire de commencer à expier, à payer. J'avais besoin de ce pèlerinage. Comme une dame de charité qui aime bien que cela se sache.

J'ai cru un moment que l'on ne voulait plus que je parte. L'autoroute du Nord fermée, des ruses de Sioux pour gagner Roissy, une arrivée sur les chapeaux de roue, un quart d'heure avant le départ. Une chaîne de complicité de la part des hôtesses. L'équipe attendait au pied de la passerelle. J'ai pensé à toi pendant tout le vol.

Ce doit être la première nuit où je n'ai pas fermé l'œil. Il y en aura beaucoup d'autres.

Changement d'avion à Nairobi, transfert d'aéroport. Sur Wilson, terrain essentiellement destiné aux amateurs de safaris qui partent dans la brousse, une noria de petits avions attendent ou déchargent leur cargaison de visages pâles garantis tannés au retour. Quelques élégantes hésitent entre le short et le manteau de fourrure. Leurs maris ou leurs amants se sont déguisés en Hemingway. A eux l'aventure, les félins, les hautes herbes et les feux de bois. Aux autres les dollars. On reste entre gens de bonne compagnie. Tout se vend, l'amour, les frissons, les couchers de soleil. On appelle ça des rapports marchands.

Un peu à l'écart, un bimoteur moins chic. C'est lui qui nous conduira en Somalie. Le pilote en a vu d'autres. Peut-être un ancien de la British Airways coupable de quelque intempérance. Ou bien encore, plus romantiquement, un résidu de chagrin d'amour. Peut-être, plus prosaïquement, un aspirateur de billets verts. En tout cas les scrupules ne l'assaillent pas si on y met le prix. On se posera là où on le voudra et on se passera des autorisations. Cette fois-ci c'est pour la bonne cause, demain ce sera pour le kat ou pour un safari.

Trois heures plus tard, il atterrissait là où il le pouvait. L'aéroport de Mogadiscio était fermé. Il n'y avait pas eu de trêve dans les combats. A 50 kilomètres de là, plus au sud, un terrain de fortune nous accueillit avec un minimum d'égards. Automitrailleuses et visages sombres, on ne nous attendait pas comme le Messie. A l'autre bout de l'aéroport, un étrange Marché aux Puces, fruit des pillages de la capitale : téléviseurs endommagés, réfrigérateurs incongrus sur ce désert balayé par les vents et chauffé à blanc par le soleil.

Nous montons dans un « Mad Max », véhicule davantage destiné à impressionner qu'à faire régner la terreur. Quelques gardes armés sur le toit et deux véhicules d'accompagnement bourrés jusqu'à la gueule de mercenaires payés par nos hôtes médecins. Ici, pour soigner, il faut d'abord payer.

Pendant quelques heures, la fatigue t'a tenue à l'écart de mon chemin de croix. Je m'étais concentré sur quelques détails fort pratiques. Je fonçais tête baissée comme un éléphant sur mes pistes de dégagement, je me délivrais de toi. Mais à Qorioley, au détour du chemin, à l'heure où tombe la nuit, tu m'as sauté au cœur. C'était doux.

Il y avait là une infirmière, toute blanche, et des petits squelettes, tout noirs. Les petits corps bougeaient, se remplumaient. On leur distribuait un bol d'Unimix, bouillie faite d'huile, de farine de haricot et de sucre, agrémentée de lait de chamelle pour faire passer le goût. Ils mangeaient lentement, avec des gestes de jeunes lords. Ils se levaient ensuite, toujours aussi doucement et quémandaient dans le calme leur ration sèche, destinée bien davantage aux parents qui les attendaient à quelques kilomètres de là sous une hutte de peaux de chèvre. Des peaux qu'ils avaient commencé à mâcher pour tromper la faim.

Avant de les laisser quitter le camp, enregistrés et bagués comme des pigeons pour qu'on puisse les retrouver dans la brousse, l'infirmière leur donnait une banane, qu'ils serraient fièrement dans leurs menottes. Celle-là, ils n'auraient pas à la voler dans les plantations des Somaliens aisés, embusqués à l'étranger en attendant que revienne le temps des privilèges. Ce sont leurs grands frères qui osent, s'exposant aux tirs sans sommation des vigiles ou à d'atroces représailles : on en a vu, tirés par des Land Rover à pleine vitesse au bout d'une corde sur les chemins caillouteux. Le prix d'une banane.

Les petits squelettes s'en sont allés dans le crépuscule. Le jour s'est mis à rougeoyer. Les troupeaux des riches propriétaires ont bousculé les minuscules fantômes pour aller boire dans la rivière. La poussière a ondoyé sans savoir si elle devait retomber. Tout est redevenu paisible. Et Solenn me tenait par la main.

Biarritz, 11 octobre

Souvenirs de Somalie :
Merka, 12 septembre

Il suffit de fermer les yeux, de se reporter deux ans en arrière. Cette année-là, à la Toussaint, je t'avais emmenée avec moi au Niger. Avec Mano Dayak et un ami, nous avions bivouaqué pendant une petite semaine sur les contreforts de l'Aïr. Nous nous étions retrouvés tous les deux un soir au bas d'une dune, sous l'imposante Pince de Crabe, pour parler du Petit Prince. Celui de Saint-Exupéry, dont adolescent j'avais fait abusivement mon parrain parce que sa femme Consuelo était la meilleure amie de ma grand-mère... Avec franchise, tu m'avais parlé des problèmes que rencontre une jeune fille à l'heure de la mue. Tu m'avais paru volontaire, décidée à conduire ta vie comme tu l'entendais, idéaliste, illuminée d'un feu qui te souriait et te rendait belle. Tu tenais bien sur tes jambes, j'avais foi en ta chance.

Un matin, nous arrivâmes à Iferouane, au cœur du massif montagneux. Il y avait là une école dans laquelle butinaient tous les petits villageois. En nous promenant tout autour, nous les écoutions chanter, réciter, chahuter. Soudain, comme une volée de moineaux, ils sortirent et nous entourèrent. Nous avons parlé avec eux, avec leur maître d'école. Tu me semblais touchée par la grâce.

Beaucoup plus tard, de retour à Paris, tu me diras : « Je veux devenir institutrice en Afrique. » La veille de ton entrée à l'hôpital, tu le voulais encore.

Biarritz, 11 octobre

Souvenirs de Somalie :
Merka, 12 septembre

Pendant ces quelques heures à Qorioley puis à Merka, j'ai gardé le souvenir de ta main tiède au cœur de la mienne dans le désert du Ténéré. De tout mon cheminement avec toi, c'est cet instant qui me fut le plus tendre. Jamais tu ne m'accompagnas aussi paisiblement.

Il y avait là une jeune infirmière, Soizic, à qui tu pourrais ressembler, dans dix ans. Elle ne se livrait pas beaucoup, comme toutes ses camarades, les yeux sans doute usés par l'injustice de ces lieux. Toute cette compassion qui s'abattait sur elles en quelques jours, cette pitié qui allait repartir pour Paris ou pour Houston, sous forme de cassettes ou de rouleaux de pellicules, devait les effaroucher, peut-être même les révolter.

Pourtant, Soizic, parce que plus jeune, plus neuve

à Merka, parlait davantage que les autres. J'aimais son visage plein, son regard droit, la douceur de ses gestes. Elle sentait le lait et ressemblait à l'image que je gardais de l'une de mes monitrices de camp de vacances, un été à Saint-Gervais, lorsque mes parents eurent le désir de laisser naître tranquille mon frère Olivier.

Pour la première fois de ma vie, je quittais mes parents et, à dix ans, je ne m'en remettais pas. Je pleurais la nuit, je m'ennuyais la journée. A quatre heures, j'allais chercher ma tranche de pain d'épice ou ma barre de pâte de fruits et je m'isolais pour écouter André Bourillon et Alex Virot commenter les arrivées des étapes du Tour de France. En ces temps-là, Louison Bobet, Charly Gaul et Federico Bahamontès se disputaient les victoires. Je crois bien que ce fut le Luxembourgeois qui l'emporta à la fin du Tour.

Ma monitrice préférée avait de longues nattes blondes, elle avait un joli prénom dont je ne me souviens plus aujourd'hui. Je me rappelle simplement qu'elle vivait à Annonay, dans l'Ardèche. Je me moquais de sa ville qui me faisait penser aux nonnettes fourrées que mon père nous rapportait parfois de voyage. Elle sentait bon, cette odeur de lait concentré qui, plus tard, devait se mêler aux premiers tourments enivrants de l'adolescence.

Avec mon équipe, nous suivîmes Soizic une journée entière. La cambrure de son dos quand elle s'agenouillait pour peser les enfants. La pureté de ses yeux bleus. Elle me parla de sa Bretagne, de la nôtre. Elle me raconta son engagement à Médecins sans frontières. Elle ne s'embarrassait pas de mots encombrants. Elle contrôlait ses enthousiasmes. Son vocabulaire était choisi, ses scansions contrôlées. Elle se méfiait de tout et d'abord d'elle-même.

Le soleil tapait dur dans la cour du local, un ancien hôtel qui témoigne de la splendeur du passé touristique de Merka. U Paradisu, ou quelque chose comme ça. Des numéros qui s'écaillent doucement sur la porte des chambres délabrées. Un figuier perdu au milieu de cette misère. Et, sous le figuier, Soizic, dont le front perlait de fines gouttelettes.

Au loin, l'océan Indien, la plage, la nonchalance qu'avaient laissée là les Italiens. Je voulus voir la mer, contre la volonté du responsable du Centre. Il craignait pour ma sécurité. La veille, des islamistes avaient jeté une pierre sur leur local. Et tout le monde rançonnait tout le monde.

Les enfants m'entourèrent dès ma sortie de l'immeuble. Je n'avais pas de cigarettes, ils m'abandonnèrent aux abords des premières dunes. J'entrouvris ma chemisette et j'avançai dans le vent. La moiteur s'évanouissait. Une violente envie de me baigner. Les infirmières me l'avaient déconseillé. Elles ne l'avaient pas fait depuis leur arrivée, de peur de provoquer les fondamentalistes. Il ne fallait donc pas leur attirer des ennuis ; je me déchaussai simplement pour marcher dans la mer. De là, la vieille citadelle de Merka paraissait admirable, immuable. Pourtant, la semaine dernière encore, on s'était battu dans ses rues et à quelques centaines de mètres de nous, dans les camps et sous les hangars surchauffés, des enfants mouraient chaque jour par dizaines.

Je m'assis, adossé au pilier d'un ponton ; j'écrivis le nom de Solenn sur le sable. Un autre aussi. Dans quelques heures, la marée recouvrirait tout et s'en irait à son tour avec quelques nouveaux cadavres et l'esquisse de mes mots en creux. Ces lettres-là, je les avais tenues au bout de mes doigts, elles retrouvaient leur liberté et, dissoutes par l'Océan, elles se fondraient avec toutes les particules d'amour et de mort qui baignent ces rivages.

Douze ans auparavant, un ami, Frédéric Mitterrand, y était venu noyer un chagrin. Il en était reparti avec un film, *Lettres d'amour en Somalie*. Moi, j'étais en train d'y voler un livre. Un livre d'heures pour ma fille qui se mourait. A la même heure, on l'hospitalisait. A quelques minutes près, la marée allait arriver pour nettoyer tout ça. Ce prénom, ces plaies, cette douleur qui me comprimait la cage thoracique. Solenn, je t'aime, je ne veux pas qu'on t'emprisonne. J'ai fui pour ne pas voir. Pardon.

Saint-Pétersbourg, 17 octobre

Un cierge cassé, un bâtonnet cireux au goût de miel. Je l'allume, je lui chauffe le pied pour mieux le faire tenir dans le porte-cierges de l'église Saint-Nicolas. C'est l'heure de la messe au premier étage. Au rez-de-chaussée, des touristes vaquent. Autour de moi, des babouchkas se prosternent, courbent la tête à chaque évocation du Christ. Dehors, le pays relève la nuque.

Au bout du cierge, il y a toi. La petite flamme qui danse pauvrement sous l'icône, c'est ma fille. Elle tient dans mon regard. Je veux sa guérison. Je prie comme jamais je ne l'ai fait auparavant. Déjà, en août, quand je pressentais qu'elle ne pourrait échapper à l'hôpital, j'avais écrit un petit mot à son intention dans une chapelle bretonne, à Saint-Cado. Il n'y avait là que des ex-voto de marins sauvés de naufrages. J'étais déjà en train de me noyer. Furtivement, presque en douce, j'ai écrit sur le livre : « Priez pour Solenn. » Je ne savais pas vraiment à qui je m'adressais. Sans doute à Dieu, tout là-haut, mais j'avais un peu honte, comme si je recourais à un remède de bonne femme. J'ai donc laissé cet appel dans le vague. Si des bonnes âmes s'arrêtaient dans l'île, peut-être pourraient-elles prier à leur tour pour ma fille. C'est la première fois que je m'en remettais à quelqu'un d'autre qu'à moi. En finir avec cet orgueil imbécile...

Saint-Nicolas est un peu enfumée en cette matinée dominicale. Un bon prétexte pour justifier ces larmes qui ne demandent qu'à couler depuis des semaines. L'Eglise chante ; des voix de basses, d'autres plus féminines. Elle chante la douleur des hommes, la misère d'un peuple. Tous ici ont au cœur une petite Solenn, une blessure plus ou moins muette. A mes côtés, Véronique doit aussi communier avec sa fille. Elle ne m'en parlera pas.

Il y a vingt ans, j'étais déjà dans une église orthodoxe en Russie, à Zagorsk. Un monastère qui se visitait comme une curiosité, tant la religion était pourchassée à Moscou. Les babouchkas étaient encore plus vieilles qu'aujourd'hui, plus courbées. Les jeunes guides qui nous accompagnaient les regardaient avec une indulgence ironique. Le régime avait moulé leur cerveau. Peut-être sont-ils maintenant à la tête de la croisade anticommuniste, ou pleurent-ils au contraire leur paradis perdu. Saint-Pétersbourg s'appelait Leningrad. Il y a vingt ans, Solenn n'était pas née.

La ville sourit ce matin, comme la première fois. Le givre commence à quitter les gouttes de rosée. Le soleil est pâle ; il a quand même décidé de me réchauffer le cœur. A la pointe de l'île Vassilevski, un éphèbe fait ses ablutions au bord de la Neva. Une manière de religion secrète. Face à lui, sur les flots contrariés, une bouée résiste à la force du courant. Sainte Solenn a déjà ses adorateurs.

Je tiens la main de Véronique. Elle est moins froide qu'à l'habitude. On pense tellement à toi, mon amour.

Paris, 18 octobre

Un nouveau dimanche vient de mourir. Piteusement, comme tant d'autres. Comme tous ceux que j'avais passés, petit garçon, dans l'appréhension du retour en classe. Toutes ces rédactions bâclées pendant que mes parents regardaient le film de la télévision qu'on venait d'acheter. Ma sœur était souvent avec eux ; Catherine terminait toujours ses devoirs en temps et en heure.

Ce dimanche 17 octobre avait pointé son nez à Saint-Pétersbourg, sur les flancs du croiseur *Aurore,* puis dans les grands salons du Palais d'Hiver en compagnie d'Oleg, l'un des rares citoyens russes à être tombé raide amoureux de Napoléon. Etait pourtant restée gravée en ma mémoire la fresque de l'incendie de Moscou... Au diable la rancune, Oleg aimait l'Empereur et, à l'Ermitage, préférait la galerie des vainqueurs de la bataille de Borodino aux splendeurs de Renoir, Matisse et Picasso.

Oleg avait sur lui une photo le représentant en

général de la Garde impériale. De quoi faire jubiler l'ami qui m'accompagnait, digne descendant du général de Montholon qui apaisa et — qui sait — précipita peut-être les derniers instants de l'Empereur. Avec nous également mon frère, que j'étais allé chercher l'avant-veille chez lui, à Prague, et une amie tchèque, Olga. Paralysée, comme le cobra à l'approche de la mangouste, à l'idée de découvrir pour la première fois la Russie abhorrée. Celle de Lénine qui, à sa mort, avait donné son nom à Petrograd ; celle du croiseur *Aurore* qui, d'un seul coup de canon avait réussi à imposer trois quarts de siècle de communisme à une bonne moitié de la planète — ce croiseur que la petite Olga était obligée de dessiner en classe comme toute bonne élève bien encadrée. La Russie des chars de 1968 à Prague, celle des soldats de l'Armée rouge qui se firent cracher dessus place Wenceslas, celle qui poussa un an plus tard, un étudiant, Jan Pallach, à s'immoler par le feu en ce même lieu...

Côte à côte donc, dans ce matin frileux de Saint-Pétersbourg, une Tchèque émerveillée et apeurée, un frère adoré et plus que jamais nécessaire, deux ex-grognards de Napoléon, deux enfants, avides d'histoires sur l'Histoire. Et un père et une mère à qui manque une fille.

Eternelle tristesse des dimanches soir. Dans l'avion, je sais qu'il faut encore rendre copie et passer un nouvel examen. J'ai rendez-vous avec quelques auteurs, réunis pour vendre comme moi leur prose en buvant un bouillon dominical à la télévision. Ce ne sera pas soir de fête. Quelques chausse-trappes disposées çà et là comme il se doit. Une atmosphère de camaraderie pas franche du tout. Des munitions dans les poches des uns et des autres. Des confrères qui prennent rarement les autres pour des frères, un ministre qui n'en peut mais, évitant les balles qui sifflent et ne tuent personne. Des caméras avant, pendant et après, des micros baladeurs qui traînent partout comme des mains poisseuses pour guetter une éventuelle perfidie à l'heure des petits fours. Un éditeur qui ne sait plus qui embrasser : les quatre auteurs sortent de son écurie. Bref, un concentré assez réussi d'hypocrisie.

Je me force à sourire, à tout hasard. Je n'en ai pas la moindre envie, cela doit sauter aux yeux. Lassitude désespérée. Les jeux de masques et la comédie ambiante n'y sont pour rien. Je ne pense qu'à un tout petit bout de femme qui me regarde peut-être sur son téléviseur dans sa chambre d'hôpital. J'ai des absences qui m'inquiètent tout au long de ces échanges de gracieusetés, mais la seule absence qui me creuse et m'entoure est la tienne, mon amour.

Paris, 23 octobre

Des nappes de pluie sur Paris. Des embouteillages de véhicules frileux, serrés les uns contre les autres, une longue ceinture de pare-chocs et de feux, alternativement rouges et muets, un périphérique noyé sous la crasse, la rouille, les papiers gras, les sacs de plastique virevoltants. Mon scooter se fraie un chemin.

Au bout de la route, une ville à qui un jour il faudra bien régler son compte : Le Kremlin-Bicêtre. Elle n'y est pour rien, la pauvre, mais elle porte un nom de deuil. Le deuil du communisme et de sa forteresse symbole, aujourd'hui balayée sur la place Rouge par les vents mauvais de la revanche de l'Histoire. Et puis ce Bicêtre accolé, mi-chair mi-poisson, ni ancêtre, ni bicéphale, cette maladroite francisation d'un haut lieu soviétique.

Adossée au périphérique, saignée par de grands axes de partance pour le soleil, la ville nourrit en son sein une autre ville : l'hôpital. Un lieu immense, fait lui-même de fortifications successives, qui ne sont pas sans charme. Les Templiers qui président à sa destinée l'ont voulu accueillant. Des jardins et des fleurs sont là pour cacher la misère et pour nous dire que la vie peut souvent l'emporter sur la mort. Des ambulances le sillonnent avec leur lot de malades, de blessés, de comateux... Des voitures en ressortent avec des miraculés, des convalescents, des parents soulagés... La mort y est discrète. Je ne sais pas comment on l'évacue.

Le personnel est habitué à tout cela. Il est vif, efficace, sans états d'âme. Il a le souci du travail bien fait : remettre en bon état ce qu'on lui a confié malingre. Cent maladies se côtoient. Mille détresses s'additionnent. Il m'est arrivé de croiser des visages amis, accompagnés de leurs enfants ou venant leur rendre visite. Je n'avais pas soupçonné leur désarroi, ils n'imaginaient pas le mien. Le plus souvent, dans ces rencontres furtives, nous n'évoquions pas le mal de nos proches. Les regards ne se fuyaient pas mais nous éprouvions le besoin de parler d'autre chose.

Suivre la flèche Urgences. La seule convenablement repérable dans un fouillis de pancartes. Et tout au bout du cheminement, un mot incongru : Enfants. Pourquoi cet îlot blanc dans ce trop-plein gris ? Pourquoi cet acharnement sur le plus tendre de la vie, pourquoi ne pas imaginer une immunité jusqu'à l'âge de vingt ans, quitte à nous reverser le trop-plein de saloperies destinées à ce que nous avons de plus cher ?

Autour de ce gros bloc de béton qui vieillit mal et dégouline de pluies anciennes, rôde la vie ordinaire.

Celle des automobilistes qui cherchent âprement une place, celle des infirmiers qui se hâtent d'aller déjeuner. Et moi sur mon scooter, guettant le moindre signe du quatrième étage, troisième fenêtre en partant de la gauche. Plusieurs fois, je me déplacerai pour laisser le passage ou parce que je me sens observé. Un père tétanisé qui attend que s'anime la fenêtre opaque.

Cet après-midi-là, je reviendrai trois fois aux aguets près du poste de garde. Avant et après mon rendez-vous avec le psychothérapeute. Et puis, pris de remords, un demi-tour sur la voie rapide qui borde l'arrière de l'hôpital. Mais je ne te verrai pas. La pluie s'en fout, les nuages n'en finissent pas de pisser et le bon Dieu doit être assis dessus, côté soleil.

Le psy a une bonne tête. Déjà burinée par les malheurs des autres, et peut-être le sien. Au fond d'un couloir jaunâtre, encombré d'allées et venues, il a réussi à rendre presque chaleureuse une pièce sans fenêtre. Pas de néon, c'est si rare dans un hôpital. Deux fauteuils accueillants et un divan qui a dû souvent lui servir de confessionnal. Il est psychanalyste de formation. Il est là pour écouter, pour préparer une première entrevue de Solenn et de ses parents, sous le contrôle paralysant de son médecin et de son psychothérapeute.

Je n'ai rien à lui dire. Je ne suis venu que pour faire plaisir à ma fille. Pour qu'elle sache que je m'intéresse à elle, que je suis les préconisations de ses médecins. Et pour avoir une chance de l'entr'apercevoir.

Il m'écoute. Il devine mes réticences. Sa personne

n'est pas en cause, sa fonction non plus. Je ferai tout pour sauver Solenn. Mais il est si difficile de se confier à un inconnu. Ma plume court ici plus vite que ma langue tout à l'heure. Je lui ai parlé mécaniquement, en essayant de ne rien omettre pour ne pas le tromper, mais je recule confusément, par manque d'adhésion.

Depuis plusieurs semaines, je doute. Passé les dix premiers jours où Solenn a regagné, bonne patiente, le poids qu'on lui demandait de prendre, la courbe s'est inversée. 34 petits kilos. Elle pleure. Elle s'interroge elle-même sur l'utilité du traitement. Il n'y a plus de pan de ciel clair à l'horizon.

Que dire à cet homme qui attend de moi des indications pour m'aider ? Qu'il a l'air bon, que son pantalon de velours côtelé et son chandail usé inspirent la sympathie ? Que je ne crois guère à ces coups de sonde dans la mémoire, où l'on ne donne que ce qu'on a envie d'offrir ? Que je cultive le péché d'orgueil ; que j'ai, en tous domaines, envie de m'en sortir par moi-même, qu'il m'est insupportable de recourir à autrui, fût-il affectueux ou amical ?

Mais comme il a l'air du chien fidèle que ne rebute pas un premier coup de pantoufle sur le museau, je parle pour ne pas le laisser en manque. J'évoque des pistes, des hypothèses. Il hoche la tête mais n'approuve sans doute pas tout. Juste pour m'inciter à continuer…

Je m'arrête toutefois. Il espère davantage. Je ramasse mon imperméable et mon écharpe. Il ne bouge pas pour autant. Il mendie silencieusement une dernière confidence, une bribe de monologue. Il en aura un bout supplémentaire. Il ne dit rien. Je m'apprête à sortir. Il ne bouge toujours pas. Je ne sais pas ce qu'il a à me confier. Sans doute rien. Peut-être était-ce à moi de le faire. Mais sa règle du jeu ne m'intéresse pas. Je suis venu pour comprendre, pour arrêter de souffrir, pour m'entendre dire que ma fille sera sauvée.

Je me suis levé. Il a enfin accepté la fin de l'échange. Pour la première fois nos regards se croisent. Jusqu'alors, nous avions parlé comme des chanoines timides. Pour me soulager et pour réchauffer l'ambiance, il me dit : « C'est le cas d'un père qui aime beaucoup sa fille et d'une fille qui aime beaucoup son père. » J'avais compris.

Merci quand même, docteur. Vous avez de bons yeux.

Paris, 23 octobre

Des êtres humains, il y en a ici davantage au mètre carré qu'ailleurs dans Paris. J'ai rencontré des hommes et des femmes qui respiraient la générosité. J'en avais besoin.

Tu as un médecin formidable. Je n'ai pas à raconter ici ce que nous nous sommes dit. Elle n'aimerait pas. Il y a un secret de la consultation qui se place bien au-dessus du respect de nos sources d'investigation. Je n'apprécie pas les journalistes et les médecins qui s'autorisent des libertés avec ces barrières-là.

Caroline R. est jolie ; elle a de grands yeux bleus qui ne s'étonnent de rien mais qui s'écarquillent toujours. Elle est douce et rigoureuse. Elle prononce ton prénom avec un O ouvert qui me plaît bien. A ton retour, j'ai envie de t'appeler comme cela de temps en temps.

Elle essaie de ne pas te prendre pour sa fille ; je sens que parfois ça la démange. Elle ne le fait pas pour garder la distance du médecin et de son patient.

Le soir pourtant, elle se sent lourde de toi, de toutes ces détresses accumulées chez ses patients. Je suis sûr qu'elle ne s'en débarrasse pas en se démaquillant.

Nous lui avons confié notre fille comme on dépose un objet de valeur au mont-de-piété. En espérant bien le récupérer mais sans en être tout à fait certain. En espérant aussi qu'au fil des semaines, il s'appréciera.

En déposant notre fardeau, nous n'avons pas été soulagés. Nous aurions préféré te garder avec tes humeurs, tes langueurs et l'électricité qui se dégageait de toi en brouillant nos ondes. Nous ne t'avons pas abandonnée sous le porche d'une église ; nous sommes restés derrière un pilier pour voir comment on allait te langer.

Quand Caroline R. m'a dit, lors de notre première rencontre après l'hospitalisation, que nous te manquions, j'ai connu un bref instant de bonheur. Je craignais tant l'endolorissement de la mémoire.

Tu voulais des puzzles, des magazines, des livres de classe. Nous apportions ces petits sacs en évitant la porte de ta chambre, si proche, obstinément fermée. Au début de ces visites, je priais pour que tu surgisses au détour d'un couloir. Ensuite, je le redoutais. La peur de ton fantôme, de ne plus reconnaître celle qui avançait, toute seule, dans sa chambre, vers ses dix-sept ans.

Lors de sa première visite à l'hôpital, à la mi-septembre, Véronique avait eu une drôle de surprise. Tu l'attendais, embusquée à l'entrée du parking. Tu avais escamoté une consultation dans le service de psychomotricité pour échapper à l'attention de tes médecins. Tu ne voulais pas fuguer, juste parler à ta mère. Et, en ces temps-là, tu allais bien.

Déjà, le surlendemain de ton entrée à l'hôpital, tu avais profité d'une visite de contrôle à l'hôpital Cochin pour te précipiter sur un téléphone et pour, une première fois, enfreindre la règle. Tu étais un peu excitée. Le président de la République était hospitalisé à quelques mètres de toi. Les photographes le guettaient au téléobjectif. Quand Véronique m'en parla le soir, elle était aux anges. C'est un secret que nous avons gardé deux mois tous les trois. Il nous a laissé la trace d'un tison dans la neige.

Belle-Ile, 24 octobre

J'aime et je cours. Je dévale les falaises. Je me baigne nu. Le goémon glisse sur ma peau en longues lamelles luisantes. J'escalade un mur de roches hostiles. Je me souviens de mon frère qui s'est perdu au milieu d'un à-pic cet été dans les Tatras tchécoslovaques. Ses Antilles à lui. Il n'avait plus le droit ni la possibilité de redescendre. Moi non plus sur mon aiguille de Goulphar.

Je pense à toi. Je suis invincible ; je suis immortel. Si je tombe, je m'en sortirai. Je ne tombe pas. Arrivent les premières bruyères. A hauteur d'yeux, cette terre gonflée de pluie et de senteurs familières.

Je cours à nouveau. J'aime encore plus fort. Une femme et la Bretagne.

Belle-Ile, 25 octobre

Depuis plusieurs années, j'écris à l'encre rouge. Rouge carmin, sang-de-bœuf. Une manière de passion décolorée qui coulerait dans les veines d'un père en bout de course. Avec le besoin de tout transvaser dans un stylo pour exorciser son mal.

C'est vrai, j'ai mal. Au-dehors, les amis désertent. Cet homme-là, pensent-ils, est sec comme un coup de trique, fermé comme un poing, que sais-je encore. Il n'y a plus qu'à le contourner. Je ne déteste pas éprouver les limites de mes proches. Je me refuse à évoquer mon chagrin, et je leur en veux de ne pas m'en parler. Pourtant, la plupart d'entre eux ne savent rien du mal qui me cisaille, ou s'ils le pressentent, ils n'en devinent pas le dixième. En pleine conscience de mes ambiguïtés, je les laisse partir.

Je veux pourtant qu'un projecteur de poursuite s'allume dans ma nuit, qu'il accompagne mes faits et gestes, qu'il attire à lui tous les papillons du bonheur. Qu'on me fête et qu'on m'aime. Mais tout reste éteint. Un jour peut-être, après cet automne, après l'hiver qui ne s'annonce guère engageant, après le printemps qui suivra, peut-être l'été sera-t-il plus généreux que celui de cette année. Si cela ne suffit pas, j'attendrai un nouveau cycle pour que reflambe le feu de bois de l'amitié. Que sont mes complices devenus ? Indifférents, pudiques, inattentifs ? J'avais besoin de leur chaleur, je me contenterai de ma solitude glaciale. Elle m'a endurci. Je ne tourne que sur moi-même. Et sur ma fille. Nom de Dieu, rendez-la-moi !

Belle-Ile, 26 octobre

Morgane de toi. Une chanson de Renaud que nous écoutions à la naissance de ta sœur, il y a onze ans.

Morgane et toi. Le plus pur roman d'amour entre deux sœurs séparées pourtant de six ans. Elle tient à toi comme le rémora à sa baleine, comme la bernique à son rocher. Tu l'as adoptée d'emblée, elle t'a aimée petit à petit, jusqu'au désespoir.

Plus jeune, tu jouais avec elle aux poupées Barbie, qu'elle remisa peu de temps après toi. Je suis sûr que, pour elle, tu avais repoussé jusqu'à l'extrême limite l'âge de jouer à la poupée.

Quand vint pour toi le temps des sorties, des boums et des flirts, elle fut ta confidente et ton rempart. Toujours fourrée dans ta chambre et souvent dans ton lit, elle t'écoutait, te donnait ses avis de grande fille et ne laissait, à l'extérieur, rien filtrer de vos conversations. Lorsque, incongru, l'un de nous se laissait aller à une critique te concernant, ou à un simple trait d'esprit, elle montait à l'assaut comme une lionne qui défendrait ses petits. Je l'ai entendue rugir, aperçue se mordant les lèvres jusqu'au sang.

Un jour de fin d'hiver, je t'ai vue te détacher d'elle, comme de nous tous. Morgane ne dit rien, souffrit en silence.

Pendant l'été, elle se mura à son tour dans sa solitude. « Ce furent les pires vacances de ma vie », nous dit-elle plus tard. Elle essaya de te réconforter, ne supporta pas de constater que cela ne servait à rien, t'en voulut de ta prison intérieure, te reprocha, sans l'ombre d'une jalousie, d'attirer à ce point l'attention, de devenir le centre d'un cercle de famille trop chahuté.

Par-dessus tout, elle avait peur. De cette hospitalisation qui rôdait, que nous évoquions à mots couverts, puis plus franchement. Elle se raisonna, comprit qu'on n'allait pas te livrer menottes aux mains, entre deux gendarmes, devina qu'il n'y avait plus grand-chose d'autre à faire et, comme nous, espéra.

Jamais elle ne nous a parlé du jour de ton retour. Elle y pensait tout le temps.

Ta petite sœur t'attend, elle a grandi à pas de géant. Ses chaussures ne lui vont plus, ses jupes se font jupettes. Et puis, tout là-haut, dans sa tête, tant de cellules ont mûri. Elle mordille un peu moins ses lèvres, son front s'est bombé, son profil durci. Tous ses habits de fillette sont tombés les uns après les autres ; elle a tant d'amour en réserve. Tant d'angoisses à partager à nouveau avec toi : ses camarades, ses profs, ses devoirs, ses exigences de petite fille modèle.

Elle a besoin de toi. Rien que pour elle, reviens. Et redeviens sa meilleure amie.

Belle-Ile, 26 octobre

L'été dernier, nous partîmes avec toi sans Morgane en Suède et au Danemark.

Tu étais déjà à bout de souffle mais tu avais en permanence besoin de buts renouvelés. Des mâts de cocagne qu'on déplaçait de jour en jour pour te permettre de rêver, d'espérer qu'après l'orage, le ciel se ferait enfin conciliant.

Ce jour-là, le ciel de Copenhague ne souriait pas. Bas et lourd comme un couvercle, tu m'as récité le poème...

Sous la pluie, tu avais plus froid que jamais. Ce grand corps triste avait depuis longtemps perdu toute once de graisse. Rien pour le reconstituer, pour le réchauffer. Juste un amoncellement de pulls. Tu nous suivais comme un petit canard mouillé sans ailes huilées pour le protéger. On ne savait pas prendre ta cadence. Violente, l'envie de te porter sous la pluie pour aller voir de près la Petite Sirène qui, elle, résistait depuis des décennies aux frimas et à l'humidité.

Tu avais un large sourire. Des pommettes trop saillantes. Des veines bleues de froid qui essaient de trouver leur chemin entre la peau et les os. Une petite sirène déposée sur le sable glacial, qui ne sait pas comment s'y prendre pour retrouver le large.

Tu nous as dit avoir été heureuse tout au long de ce voyage vers le nord. Tu as aimé cette harmonie, ces maisons de poupée, ces jardins bien soignés, cette vie très réglée, ces repas de poisson au coin de poêles surchauffés, cette nature respectée.

Tu as adoré ce pique-nique suédois le long de la Baltique, cette eau à onze degrés et ce soleil à quarante. Ce n'était pas un vrai repas, on n'y parlait pas de nourriture. Une revanche sur l'ordonnancement des cycles et des choses. Tu t'étais isolée sous un pin pour terminer ta broderie.

La veille, nous avions découvert à Copenhague un magasin comme tu les aimes, propre comme un sou neuf et respirant le confort du foyer. On n'y vendait que des broderies et de longs fils de coton aux teintes pastel. Tu choisissais des maisons, avec des cheminées, et des petites fenêtres pour calfeutrer le bonheur. Tu piquais ton aiguille avec constance, comme devaient le faire au Moyen Age toutes les jeunes princesses qui attendaient leur hardi guerrier de retour des Croisades.

La broderie est un art de patience, d'équilibre des heures et des couleurs. Il te va bien. Les Croisades durent parfois très longtemps.

Belle-Ile, 27 octobre

L'année qui précéda ta naissance, nous eûmes et nous perdîmes une petite fille au nom moyenâgeux, Tiphaine. Je la connus très peu et je ne me le pardonnerai jamais. J'étais à Caracas lors de sa naissance, pour le vol inaugural du Concorde. Et en reportage aux Antilles, le jour de sa mort. C'était un voyage présidentiel, le premier de Valéry Giscard d'Estaing hors de la métropole. La presse l'avait précédé. Quelques heures avant son arrivée, à l'aube on frappa à la porte de ma chambre d'hôtel. Il fallait rappeler Paris d'urgence. J'ai encore en mémoire la voix pleine d'égards de mon rédacteur en chef de l'époque. Et toutes les marques de sympathie qui suivirent.

Plus tard, il me fallut affronter le berceau vide, découvrir ce qu'était la mort subite, imaginer l'interruption du souffle dans la chambre, les hurlements de Véronique, le petit corps froid. Injurier le commissaire de police qui me faisait patienter dans un local sordide, haïr à vie le médecin légiste qui ordonna l'autopsie. Griffer l'oreiller de mes ongles dans l'attente d'un sommeil aléatoire. Détester mon absence en ces heures qui verrouillèrent la vie de ce petit être.

Je te raconte tout cela ici parce qu'un an presque jour pour jour après cette mort, tu vins au monde. Le 11 décembre 1975. Et qu'une psychanalyste m'a dit le mois dernier que très souvent, derrière chaque anorexie, il y avait une mort « mal assumée »...

Mal assumée ? Et comment ça s'assume, une mort ? En déposant un petit candélabre dans un coin de sa mémoire ? En s'asseyant sur le bord de la tombe de granit rose de Tiphaine à Trégastel, pour échanger un peu d'amour posthume, pour expier des fautes que je ne me pardonne qu'à moitié ? Ou en organisant un grand débat familial sur le sujet ?

Bien sûr, nous avons mis notre mouchoir sur la blessure d'un couple, mais nous ne l'avons cachée à personne. Pas plus à toi qu'aux autres. Sa photo est sur la table de chevet de Véronique.

Tu ne l'as pas remplacée. Tu nous as aidés à revivre. Là-haut, ta sœur aînée a grandi. Je suis sûr qu'elle a envie que tu la rejoignes le plus tard possible et qu'elle te protégera longtemps encore.

Belle-Ile, 27 octobre

Il y a encore une sœur dans cette famille de filles. La première, la plus solide parce qu'on l'avait envoyée en reconnaissance, aux avant-postes.

A l'époque, mon nom ne disait rien à personne. Elle a donc vécu en fille libre. Libre de son patronyme, de mes faits et gestes. Elle a grandi un peu rugueusement, à un moment où l'on mangeait plutôt de la vache enragée. Dorothée est forte, loyale, ne s'embarrasse pas de précautions pour dire ce qu'elle pense.

Elle t'aime, comme elle aime sa propre fille. Elle t'a souvent écoutée, quand tu savais encore parler. A ta sortie du cocon hospitalier, elle t'ouvrira très grand ses ailes. Il y a de la place pour plus d'un poussin auprès de la mère poule.

Belle-Ile, 27 octobre

Le frère enfin. Canard égaré au milieu de cette portée de canes. De qui se rapprocher dans cette basse-cour-là ? Une sœur trop aînée, une autre trop cadette, une troisième tout juste sortie de l'enfance.

Pendant longtemps, il t'ignora. Deux mondes : celui des poupées Barbie et celui de la Formule 1, les amis qui parfois s'intéressent de trop près à l'adolescente prometteuse... Et toujours, ces chamailleries de filles...

Mais le dernier jour, un déjeuner de soleil. La veille de ton départ pour ce voyage au long cours, nous avons ensemble déjeuné sur les bords de la Seine. Autour de nous, des gens qui allaient se retrouver l'après-midi au bureau, et puis sans doute le lendemain, le surlendemain encore. Monde transparent de la communication, qui n'en finit pas de se regarder évoluer en aquarium. Univers du geste, de l'effet de manche, de la réaction plus que l'action ; planète de la parole, du bruit pour s'assourdir, du tam-tam qui revient toujours à son point de départ, avec la complicité du progrès : l'amplificateur.

Au cœur de cette agitation joyeuse, de cette insouciance réchauffée par les derniers rayons de soleil de l'été — on ne le reverra plus tout au long de ton hospitalisation —, nous voilà pour la première fois à déjeuner, tous les trois. Débris épars d'une famille disloquée, vitrifiée par ta maladie.

C'était un vrai beau déjeuner. Une parole qui se libère, après tant d'années de demi-silences. Arnaud a parlé le premier, avec franchise et tact, de ce trouble qui l'habitait. Fils de son père bien sûr, fils de quelqu'un, fils d'initiales. Sa fuite devant l'ombre portée, son refuge dans l'amour ou l'amitié. Il t'a dit de ne pas t'en faire, que cela t'arriverait à ton tour. Il a bien compris que pour le moment ta fuite était intérieure, que dedans tout était muré. Mais les barreaux de la prison s'élargiraient, et toi aussi tu t'en sortirais. Il a évoqué d'un seul trait ses passions, ses recherches pour trouver le costume et le rôle à sa taille.

C'est la première fois qu'il se confiait à toi, en t'offrant pour la circonstance un peu de son intimité. Tu appréciais son cadeau, tu le regardais avec une infinie compréhension, tu étais rayonnante. Plus tard, dans ta forteresse de ciment armé, tu en parleras à ton médecin comme d'un beau souvenir.

Paris, 28 octobre

Ce soir à Ex Libris, Catherine Rihoit a parlé de Thérèse Martin, la petite fiancée de Dieu. Sainte Thérèse de Lisieux, entrée au couvent à l'âge de Solenn et morte à vingt-quatre ans. Ce qui me fascine aujourd'hui, ce n'est pas tant l'élévation de l'âme, admirable, mais plutôt l'effort sur le corps. Comment la petite Thérèse, pour rejoindre ses sœurs, s'imposera les privations qui ensuite iront de soi ; comment l'affreux lever de deux heures du matin, à genoux sur le sol froid, va ensuite devenir source de jouissance ; comment très vite un repas se transformera en alimentation de pure hygiène.

Il y a douze ans, j'avais croisé le chemin d'une demoiselle boulimique qui avait mis son réfrigérateur sous coupe réglée et le nettoyait avec constance, rayon par rayon. Lorsqu'il ne restait plus rien, elle descendait à la pâtisserie tunisienne du coin de la rue et s'empiffrait d'horreurs gluantes et sucrées. Et souvent la nuit, quand il ne restait plus que le dégoût d'elle-même, elle se faisait vomir. Personne ne devinait la nature de son mal, elle restait fluette comme un haricot vert.

Un jour, elle raconta tout cela dans un film, que tourna son père. Elle joua le rôle principal. Un peu plus tard, elle cosigna le scénario d'un film sur sainte Thérèse qui trottait depuis longtemps dans la tête de son père. Cette fois encore, elle voulut jouer le rôle mais le papa-réalisateur restait rétif. Il se faisait une autre idée de Thérèse. Elle alla donc louer un costume de carmélite et un dimanche matin, traversa tout Paris en métro dans cet accoutrement pour sonner à la porte de son père, en espérant un déclic. Il chancela, but du petit-lait à l'idée d'avoir engendré pareil puits de volonté, mais résista. Le film se fit sans elle et reçut une pluie de récompenses. Le hasard me nomma maître de cérémonie de la soirée du palmarès du Festival de Cannes qui vit leur triomphe.

Au milieu des flashes, face à elle et son heure glorieuse, j'ai revu le cauchemar des pâtisseries tunisiennes, dégoulinantes de graisse, les draps tachés, les regards hébétés ; une petite fille à genoux comme Thérèse, un long malheur d'enfance...

Ce don irréfléchi de soi, cette mortification du corps, cette détestation souterraine du cycle digestif, je les ai admirés chez elle, chez Thérèse, chez Solenn. Je les ai même parfois jalousées : savoir à ce point cultiver l'ascèse, le contrôle de ces réflexes aussi triviaux qu'automatiques.

On me répète que, passé la première semaine, il y a quelque joie troublante à s'imposer une grève de la faim, en ne buvant que de l'eau. On entre dans une douce lévitation. Le corps est si léger... Et c'est ainsi qu'on peut monter tranquillement vers les voies de la sanctification, de la béatification. On peut aussi s'arrêter sur le palier moins trempé d'eau bénite de la pure ascèse. C'est Cioran qui écrivait dans *Le Livre des leurres* en 1936 :

> « *Il faut fixer les règles d'une nouvelle ascèse qui ne nous fasse pas nous envoler vers Dieu mais vers nos propres altitudes dont nous a éloigné l'abîme de notre tristesse. Il est absurde de renoncer à la nourriture; mais ce l'est tout autant d'éliminer l'expérience temporelle de la faim avec ce qu'elle comporte de voluptueux et d'immatériel [...]*
>
> *Une faim dévorante, nourrie d'exaltations et de visions, voilà ce qu'un homme triste ne peut se refuser comme un délice temporaire; une faim qui nous fait vaincre l'attraction matérielle et procure les plaisirs du vol, plaisirs évanescents, solitudes légères et aériennes, solitudes du vol. Il nous faut tenter toutes les expériences si l'on ne veut pas s'effondrer, écrasé de douleur, de tristesse et de maladie. Et que notre combat soit notre héroïsme.* »

Mon combat aujourd'hui, c'est celui que je mène contre moi-même pour comprendre le sien, la traversée de ses abîmes, le sens de ce voyage qu'elle accomplit seule, enfermée dans cette maison de verre, dans ce rêve de pureté immaculée que je voudrais tout partager avec elle.

Mon héroïne, ma drogue à moi, c'est Solenn. C'est elle qui m'aidera à vaincre. A mon tour, je la ferai gagner. Et tous les deux, ensuite, nous monterons au ciel...

Fès, 31 octobre

Quatre heures et demie. La nuit est encore noire. La Médina ouvre une oreille pour écouter l'appel des muezzins. Elle se rendormira. Pas moi.

Je suis parti avec Véronique et Morgane pour essayer de me préparer à ces premières retrouvailles avec toi, après-demain. Mais le ciel pleure, il fait froid, je ne reconnais plus la ville qu'aimait mon père, jeune.

Il y a cinq ans, il faisait beau dans la cour du palais Jamaï. La vieille ville bruissait de ses petites affaires. Tous les parfums de l'Orient faisaient le mur. J'étais allongé, insouciant, je lisais Paul Morand ; j'étais en fuite comme à l'habitude, mais à l'époque, ces centaines de milliers de kilomètres, je les amassais comme un trésor qui me permettait de vérifier que je n'avais pas de fil à la patte.

Aujourd'hui, je me déplace en forçat, je traîne ma chaîne en courant le monde plus lourdement. Marathonien du dépaysement, du décalage horaire, histoire de voleter dans la cage. Le perchoir n'est jamais bien loin. Il faut toujours s'y poser à nouveau.

Demain, je rentre à Paris. En attendant, j'aimerais tant retrouver la nuit des justes, celle où l'on dort.

Fès, 31 octobre

De l'air. J'étouffe comme souvent la nuit dans mes faux sommeils. La peur de mourir noyé. La gorge sous étau, comme ce Paris-cauchemar et ce ruban de plomb qui l'enserre. A distance, je ne me représente plus la Ville autrement que cernée par le périphérique, ces trente-quatre kilomètres de fausse liberté qui se mord la queue.

Depuis mai, nos bureaux sont à leur tour passés de l'autre côté de la ceinture. Adieu Cognacq-Jay. Les uns après les autres, les gens de presse sautent le pas. L'endroit ne me plaît pas. Seules la Seine et ses péniches filantes me raccordent au cœur de la ville que j'ai aimée et que j'aimerai à nouveau, dès ta sortie de prison. Tout en haut de l'immeuble, cloisonné par des portes coupe-feu qui ont surtout pour vertu de couper toute chaleur humaine, vivent les chefs. Ils observent d'autres chefs, de l'autre côté de la Seine et s'envoient de part et d'autre quelques coups de semonce.

Les chefs évaluent, établissent, défont, se tuent à la tâche pour le compte — et assurément pas la reconnaissance — de leurs employés, de leurs employeurs, leurs clients et leurs actionnaires. Ils font la tambouille, la goûtent parfois, l'aiment ou ne l'aiment pas. Là n'est pas l'importance ; il faut que les clients aiment. Qu'ils soient annonceurs ou téléspectateurs.

Quand la ruche butine trop vite, ou vibrionne, les chefs essaient de calmer le jeu. Ils parlent à deux ou trois reines d'un jour, négocient, mettent du baume au cœur. Les reines transmettront à leur tour la bonne parole, dans leurs alvéoles respectifs.

Avant, on échangeait davantage. C'était au temps où l'on n'habitait pas ensemble. Depuis le déménagement, les abeilles ont du miel aux pattes ; elles ne quittent plus leur étage. Les premiers jours, les chefs ont fait un effort. Ils sont venus nous voir. Ensuite, on s'est mis à communiquer par fax, par téléphone, par console vidéo.

On pourrait bien prendre de notre côté l'ascenseur et grimper vers l'Olympe. Mais un sous-chef qui va voir les chefs, c'est un intrigant ou un grondé. On limite donc les déplacements.

De temps en temps, quand même, je monte au treizième et au quatorzième. On a gardé un treizième chez nous. Et je vais parler au chef, ou au chef n° 2. On se connaît depuis longtemps, depuis les premiers coups de houle, on se tutoie, on s'agace souvent mais on se respecte ; je crois même qu'on s'aime bien.

Mais un chef, ce n'est pas là pour aimer. C'est là pour diriger. Les états d'âme, on les met donc sous couvercle.

Parfois, entre nous, on ouvre la boîte. A défaut de le faire pour les fenêtres, hermétiquement closes comme dans tout immeuble à grande hauteur, où tout, même l'air, est conditionné.

Les chefs sont aussi pères. L'un d'entre eux a connu de près ce que je vis. Quand je parle avec lui, je regarde parfois le périphérique à nos pieds. Là-bas, tout au bord de cette ceinture qui n'en finit pas, un bloc de béton gris que je sais désormais exactement situer.

Dans le cercle, la vie : hors du cercle, le no man's land. J'y travaille, j'y dors, tu y dors, nous contrôlons Paris de nos sémaphores. Nous communiquons avec de grands gestes vains dans le vide, nous partons à l'assaut des ailes de moulins imaginaires. Nos lances sont désespérées.

Fès, 31 octobre

Faire semblant. Semblant de bien aller, de vivre comme les autres, ou comme l'année passée. Même quand on enrage de dire certain soir qu'on ne pense qu'à sa fille, ou d'avouer enfin la douleur qu'on aurait tant besoin d'exorciser.

On se doit toujours de répondre « Bien » à la question « Comment vas-tu ? ». Répliquer « Pas si bien que ça », c'est déjà un aveu de faiblesse. On est là pour donner, ou pour vendre, du rêve à ceux qui nous regardent. Ils nous veulent sans souci. Quand nous ne sourions pas, on nous écrit, on nous interpelle dans la rue. On cherche le dessous des choses. On l'aimerait public, professionnel, en relation avec une disgrâce, un jugement politique. Le dessous des choses est rarement là où le croient ceux qui nous observent derrière leur miroir sans tain.

Sourire donc. Face à la caméra, avec ses amis, ses collaborateurs. Leur donner du cœur à l'ouvrage. Tous ne vont pas bien non plus. Les drames qu'ils couvent sont parfois plus tragiques, moins égoïstes que cette petite douleur qui me fait du bien quand je la cajole en écrivant ces lignes.

« Comment vas-tu ? — Mal. » Le questionneur poursuit son chemin. Il s'arrête pourtant, interloqué. A-t-il vraiment entendu « Mal » ? Et que dire à quelqu'un qui se permet de tout déranger en répondant « Mal » ? La bouche reste donc entrouverte. Rien de plus ne sera échangé. Mais ça suffit comme ça. Pour une fois, on n'aura pas fait semblant.

Casablanca-Paris, 1er novembre

C'est demain le grand jour. Plus de cinquante jours sans te voir. Mille trois cent cinquante-neuf heures et trente minutes. Un désert sans puits. Et maintenant, la peur de boire.

J'aurais tant préféré qu'on me la rende en paquet-cadeau, ficelé, prêt à emporter. Qu'on m'ait réparé ma fille, après révision complète.

Demain, ils vont l'exhiber. C'est tout. Ils seront là pour voir ses réactions, observer les nôtres. Ensuite, seulement, ils nous laisseront avec elle.

Il va encore me falloir jouer la comédie. Faire les gros yeux pour l'empêcher de nous convaincre de la reprendre avec nous. Ils nous ont juré qu'elle n'était pas en état. Que ces trois ou quatre petits kilos gagnés sur le seuil de survie seraient aussitôt reperdus dès son retour parmi nous. Qu'elle était de toute façon incapable de continuer ses études.

Fièrement, elle avait voulu comme ses camarades rentrer en classe le jeudi 10 septembre. Elle n'avait pas craint les regards sur la jeune fille décharnée débarquant le premier jour dans une école qui ne la connaissait pas. Avec la force du désespoir, elle aura lutté pour tenir jusqu'à ce jour-là. Pour leur dire qu'elle avait sa place parmi eux et qu'ils avaient intérêt à la lui garder pour le jour de son retour.

Elle a accroché son large sourire entre ses pommettes. Elle a affronté la curiosité. Et au bout de deux heures, elle succomba, comme la chèvre de M. Seguin. Elle ne put retourner en classe l'après-midi mais elle avait tenu son défi. Chapeau, grande fille.

Elle est donc revenue à la case départ. Privée d'école, privée de vie normale, menacée de sonde et d'un nouvel enfermement.

Nous voilà de l'autre côté des barreaux, avec juste l'espoir de pouvoir toucher sa main demain. Et l'obligation de la raisonner alors qu'on a simplement envie de se laisser aller. De fondre en larmes et de nous fondre en elle.

A mes côtés dans l'avion, Morgane me parle du lendemain. Elle n'a pas encore le droit de la voir. Ce sera pour plus tard. Elle me dit qu'elle prie pour elle tous les soirs. Pas égoïstement. Pas simplement pour que Solenn revienne. Juste pour qu'elle soit bien, qu'elle « ne soit pas triste ».

Je suis obligé de détourner la tête, de prétexter le picotement des yeux par la fumée. Il y a bien longtemps que je ne suis plus qu'une grosse larme. Ma petite cadette se tient beaucoup mieux que moi.

A chaque fois que j'ai vu Caroline R., j'ai levé les

yeux au plafond pour retenir le trop-plein. On ne peut plus évoquer le prénom de ma fille devant moi sans que ça me reprenne. La nuit, je pleure un bon coup à défaut de dormir. Il y a tant de réserves à vider.

New York, 3 novembre

Elle a dit : « Enfin. » Dans un souffle. Quinze secondes auparavant, je l'avais entendue parler dans le couloir, hors de notre vue. Elle racontait qu'elle n'arrivait pas à marcher, que c'était l'émotion. Lentement, elle s'est encadrée dans la porte. Elle s'est précipitée vers Véronique, qu'elle a longtemps gardée dans ses bras. Elle s'est ensuite tournée vers moi. Elle m'a demandé de la serrer très fort. « Plus fort, ça m'a tellement manqué. » Les médecins nous regardaient, avec délicatesse. Ils étaient trois. Nous aussi.

Solenn s'est assise entre nous deux. L'un d'entre eux a dit : « Alors », histoire d'appuyer sur un bouton. On a déballé nos petites affaires, gentiment banales, pour faire honneur au rite. Ils avaient tellement l'air d'y tenir. Ils étaient là pour ça. Pas moi ; j'étais venu pour voir ma fille, la frôler, la sentir, lui parler avec sa mère. Et non pas pour fouiller dans nos mémoires et y retrouver des vérités premières.

Le médecin à velours côtelé qui avait souhaité me voir il y a dix jours n'était pas là. Ils l'ont attendu. Il s'était perdu dans la nature.

Solenn a parlé. Elle a essayé de s'attribuer une faute. Comme s'il y avait des fautes quand on souffre et qu'on ne sait pas quoi faire de son grand corps en mue. Elle a dit qu'elle recherchait trop la perfection en tout. « Trop parfaite... », a opiné le psy qui parlait comme mon cousin, le curé de Vincennes, quand il veut convaincre des enfants de la symbolique du baptême. Ce psy-là avait, lui aussi, une bonne tête. Visiblement il connaît bien Solenn qui ne voulait pas lui parler dans les premiers temps de l'hospitalisation et qui, depuis, a l'air de bien s'entendre avec lui. Il est là pour déceler les racines du mal. Il a une piste.

Tout cela, je le sais depuis longtemps. Toi aussi. Ça me plaît de vivre avec une petite sainte cabocharde. Pour toi, c'est peut-être plus dur de te promener avec cette robe de bure. Mais si ça te permet de fixer l'altitude suprême de ton désir, de t'interdire la moindre balise, de refuser le train-train et la vie de Mademoiselle Tout-le-Monde, je signe des deux mains ce contrat avec un ange, fût-il souffreteux.

Pendant une heure, assis sur une fesse, je les ai écoutés parler et se lancer courageusement sur le toboggan, les uns après les autres. J'ai glissé à mon tour, en attendant qu'on ouvre enfin la porte de cette pièce sans fenêtre. Parce que je savais qu'au bout, il y aurait vingt minutes de tête-à-tête avec toi, dans ta chambre.

Quand ils sont partis, nous t'avons suivie. Passé la limite des consultations, nous sommes rentrés dans ton univers. Plus grave et plus propre. De l'autre côté de la porte coupe-feu, dans ces couloirs que j'ai trop fréquentés, on ne fait que frôler la maladie. On la répertorie, on la fait patienter en salle d'attente. Les infirmières croisent les coursiers, les parents d'enfants malades. Chacun glisse sur l'écorce de l'orange. Mais dès qu'on atteint le cœur, on prend l'hôpital au sérieux.

Zone rouge. Autour de nous, jouent des petits leucémiques, des diabétiques, des cancéreux, des boulimiques, des suicidaires qui en sont déjà à leur troisième tentative.

Tu signes ton registre d'entrée et de sortie. Onze heures quarante-cinq. Je te regarde écrire ces chiffres, presque émerveillé de voir cette petite main osseuse bouger encore, et exécuter un ordre.

Chambre 4220. Un numéro que j'imagine gravé pour longtemps dans ta mémoire d'agneau blessé. La pièce est vaste. Face à nous, la fenêtre d'où tu nous regardais. Je m'en approche pour lorgner en coin cette guérite en bas où je me suis si souvent posté dans l'espoir de voir s'agiter une silhouette. Je n'arrive pas à ouvrir cette grande baie d'où pourtant tu réussissais parfois à extraire une main frêle.

Les murs sont vert d'eau. Tu les as tapissés de photos de tes sœurs, ton frère, ta mère, ton père. Sur la table de nuit, le bandeau de mon dernier livre : ma photo en noir et blanc. Je l'avais choisie pour toi. C'est celle que tu aimais. Miroir de chevet, pour une fille d'homme d'image.

Face à toi, accrochée à un bras articulé, une autre boîte à images. Le téléviseur qui te permet de voir où j'en suis, mon degré de lassitude, mes restes d'enthousiasme quand l'actualité s'animait. Bras articulé, pantin désarticulé. Jouer la comédie, toujours.

Tout autour de ce lit trop haut, d'où tu es tombée un jour de grande faiblesse, les appareillages hospitaliers qui font peur aux non-malades. Tuyaux d'arrivée d'oxygène, lien fragile avec le monde.

Nous nous sommes assis sur ce lit. Tes pieds battent dans le vide. Tes jambes maigrelettes sont masquées par un drôle de pantalon en tuyau de pipe. Plus haut, un pull bleu pâle, tout doux. Tu as dû me l'emprunter. Je caresse ce cashmere qui symbolise si bien notre infinie tendresse, à cet instant de mince bonheur.

Minutes volées à la scoumoune, à cette année 92 qui nous a fait trop de mal.

C'est Jour des Morts ce 2 novembre. Pour une fois, on a le droit de sourire, d'oublier Tiphaine et mon cousin Olivier, enterrés à cent mètres l'un de l'autre à Trégastel. Comme plus tard la jolie Caroline G. qui ne méritait pas de mourir à vingt ans.

D'oublier Marie et Jean-Baptiste, mes grands-parents maternels adorés, qui dorment à Reims sous un if. Et Yella et Numa qui, du côté de mon père, me donnèrent aussi leur amour et l'illusion du rêve sur la Côte d'Azur. Sous la terre de Brignoles, le grand-père aviateur et sa conquête volée. Ils nous attendent là-haut pour un dernier baptême de l'air.

On était si heureux ce jour-là, ma Solenn, qu'on n'écoutait pas ton médecin qui nous disait qu'un jour de septembre tu aurais pu mourir et que toi aussi on t'aurait mise dans une « boîte à sapin ». Elle racontait cela doucement, en se moquant de l'image. Toi aussi, tu souriais. Ou tu faisais semblant.

Washington-Paris, 4 novembre

On a élu un nouveau président américain pendant ton absence. Un aller et retour à l'ombre de la Maison-Blanche pour introniser à l'antenne William Jefferson Clinton.

Quarante-huit heures sans sommeil ou presque. Il y a longtemps que je ne m'en plains plus mais j'ai peur de te déplaire, d'avoir l'air trop fatigué. Peur que tu me croies déçu après le contrecoup de l'hôpital avant-hier. J'aurais tellement envie d'utiliser la caméra pour un message personnel : « Je tiens le coup, fillette. Fais la même chose dans ton aquarium. »

Petite fille subliminale. Ils n'ont pas entendu mes non-dits, pas vu passer mes allusions à notre seul usage.

L'avion survole l'Atlantique. Imaginer tous ceux qui passent au-dessus du Kremlin-Bicêtre, ton regard qui les suit, qui leur donne une vie, qui a peut-être envie de s'accrocher à leurs rêves, à leur cargaison de petits bonheurs et de petits malheurs humains.

Champ du monde, baie vitrée sur l'au-delà, sur l'après-périphérique. « Là-bas », disais-tu à tes médecins. Un jour, tu repasseras de ce côté-ci de la glace ; avec nos scooters on ira se poster à la sortie de l'hôpital, pour regarder d'en bas ton nid d'aigle. Tu diras peut-être « là-haut ». Tu penseras très fort à la chambre 4220. Il y aura peut-être à l'intérieur une autre petite fille malheureuse. Par avance, je lui dédie ici notre bonheur si Dieu nous prête vie.

Paris, 5 novembre

On n'a pas le droit d'aimer sa fille comme ça.

Le Kremlin-Bicêtre, 6 novembre

Le malheur s'est déchiré cet après-midi comme un ciel d'après orage. J'ai vu du bleu. Je vais enfin dormir ce soir, en pensant paisiblement à toi.

Deux heures sur un petit nuage dans ta chambre. Je me suis allongé sur ton lit. Tu es venue te lover à mes côtés, tu m'as écouté parler. Tu t'es redressée ensuite, pour mieux pouvoir me regarder. Je n'avais plus besoin de prendre sur moi pour ne pas pleurer. Je fixais ton regard, tu soutenais le mien.

Tu as changé. Un peu moins d'angles sur le visage, un peu plus de bonheur au fond des yeux. Tu m'assures avoir compris « des choses », retrouvé un rapport sans complexes avec la nourriture. Détester la fille que tu fus cet été.

Je scrute ton visage pour deviner si tu tentes de m'amadouer ou de te convaincre par autosuggestion. Tu as tant envie de quitter ta cage après ces huit semaines d'enfermement.

Tu as repassé la barre des 35 kilos. De deux cents

grammes. Ton médecin ne te laissera partir qu'à 37 kilos. Tu as signé avec elle un contrat dont tu ne connaissais pas le terme chiffré.

Je te découvre d'ailleurs sacrée boutiquière. Pied à pied, tu négocies. Tu te bats sur tous les fronts. Gagner quelques minutes dans le couloir et dans les espaces réservés aux autres petits malades. Pouvoir enfin recevoir du courrier et peut-être téléphoner. Permettre à ta petite sœur d'avoir enfin le droit de visite. Obtenir au plus vite une permission de sortie de quelques heures chez nous.

Tu t'arc-boutes, cajoles, endors. Tu attends que l'effort de l'autre se relâche pour enfoncer une nouvelle brèche. Tu fais la moue quand il le faut. Et dans la seconde qui suit, la fausse naïve, la séductrice. Tu sais tout jouer. A condition d'obtenir enfin le baisser de rideau.

Au-delà de tes roueries, j'ai confiance. Ton médecin reste, je le sais, sur la réserve. Elle t'a trop vue grimper puis t'écrouler.

C'est un bel après-midi de novembre. Ma fille est en face de moi. Elle va me revenir. Plus jamais, on ne reparlera de petite boîte en sapin.

Paris, 6 novembre

Arnaud est venu m'attendre en bas de l'hôpital avec sa moto. Je lui avais dit où s'installer pour te guetter. A l'heure dite, il est arrivé, couché sur son animal. Il a ôté son casque et levé la tête. Tu as passé ta main par l'ouverture de la baie vitrée. Il t'a envoyé un baiser avec les doigts.

C'est la première fois que je voyais la scène d'en haut. Je repense à mes circonvolutions dans la cour, à mes incursions nocturnes après le journal télévisé pour voir si ta chambre était encore éclairée. Je redéroule le film de mes flash-back. La pièce trop chaude, la Somalienne qui se relève pour fermer la télévision. Le puzzle d'un Vermeer, défait et refait. Les livres qui te plaisaient, ceux que tu rejetais. Les photos de famille que tu as fini par demander au bout de dix jours après avoir exigé la nudité absolue des murs. La pauvre existence d'une jeune fille mutilée, corsetée en pleine puberté, interdite de classe, de foyer, de santé, de bonheur.

J'ai ressenti la force de ce magma en fusion dans ces trois mètres cubes. Cette énorme bulle d'oxygène dans un cube de béton. Ce pouvoir de l'amour qui un jour ferait exploser la fenêtre et libérerait l'air pur.

Arnaud m'a fait monter en selle. Il crachinait et brouillardait légèrement. Je n'avais qu'une veste d'été. Je me suis collé à sa parka rouge. Il faisait de même sur son moteur. J'ai fermé les yeux. Nous avons repris ce périphérique qui me fascine et me répugne tant depuis la maladie.

Il ne m'a pas posé de questions sur Solenn mais je sais qu'il gardait pour lui sa fierté. Et le bonheur que lui avait offert cette menotte entr'aperçue.

Pour fêter tout ça, nous sommes allés au palais omnisports de Bercy. Forget était en perdition face à Edberg. J'ai tellement pensé à Solenn qu'il a fini par gagner...

Brive, 7 novembre

Ces dernières semaines, je te promenais comme un boulet. Je courbais la nuque, j'en avais d'ailleurs mal au dos à hurler. Je parais des coups invisibles, j'en imaginais d'autres encore, plus crapuleux. Je me méfiais de tout et de tous. Je traçais mon sillon, comme un Charolais sans imagination. Histoire de dire qu'il était tracé, et droit. Mais sans la moindre envie de l'achever un jour. Sans même le désir de savoir où tout cela s'arrêterait. Cou de taureau, muscles bandés, pour rien ; qu'arrive la tempête, je ne mettrai pas genou à terre.

Ce matin, j'étais plus léger. Tu tenais si peu de place dans mon bagage, tu m'étais si douce au cœur.

Le soleil était franc, la rosée perlait encore sur la terre corrézienne. J'ai couru dans un parc où vécut Colette. Sol fauve, feuilles mouillées entêtantes. L'eau de la piscine est à dix degrés, je me baigne, je me lave de mes angoisses de l'année.

Solenn devient ma délivrance, et non plus mon

remords. J'ai envie d'en parler à tous. Muré dans ma solitude, j'avais gardé pour moi mon mal ; je regardais presque avec complaisance le crabe prendre ses aises.

Libéré, je raconte pour la première fois mon histoire à un étranger. Un éditeur. Avec peut-être un doigt d'impudeur ; il fallait que je me jette à l'eau. La semaine suivante, je n'aurais plus osé. J'aurais gardé ce journal pour moi, ou pour beaucoup plus tard...

Mais cette fois, il faut que je me soigne en pressentant, en imaginant un livre. Le bonheur entrevu hier, je vais le défricher, le labourer. Si tout va bien et si tu es d'accord, je l'offrirai ensuite aux autres.

Aujourd'hui tout le monde sourit autour de moi. Je n'ai pas besoin de me forcer pour leur rendre leur indulgence. C'est bon signe, comme hier pour Forget. Ma fille guérira, et moi avec elle...

Paris, 11 novembre

Morgane s'est levée tôt ce matin. Elle n'a pourtant pas classe. Elle a enfilé des collants verts, a trouvé que cela jurait un peu avec son cardigan, les a échangés pour des bleus, a remis les verts.

Elle m'a conseillé pour ma cravate, pour ma veste. Du haut de ses onze ans, elle déteste les fautes de goût.

Nous avons rendez-vous avec toi.

Deux mois jour pour jour sans avoir le droit de te voir, de se frotter à toi. Elle se tient plus droite que jamais, elle est folle de bonheur.

Elle ne dit rien de ce hall d'attente ouvert à tous vents. Les murs sales. Cette affiche rafraîchissante d'un petit garçon qui respire la santé sur son skateboard. Sous l'affiche, un misérable taxiphone, comme naguère dans les bistrots. La main crispée sur l'appareil, une petite malade qui a le droit de se promener dans les étages et qui s'époumone à raconter ses heures de galère.

L'ascenseur s'est arrêté trop vite au 4e étage. Morgane a plaisanté sur son haut-le-cœur, histoire de se donner du courage et de passer sur ce que sa rétine imprimait. Je voyais son regard filer de gauche à droite : deux infirmières oisives en ce jour de faux congé ; une salle de jeux qui devait la tenter ; trois enfants en pyjama ; une porte entrouverte sur une salle commune ; quatre petits lits alignés comme pour un 11 Novembre...

Chambre 4220. Morgane pénètre la première. Tu es debout au pied de ton lit. Je ne sais pas qui serre le plus fort l'autre. Tant d'amour emmagasiné.

Elle n'a pas pleuré. Moi si, ça devient une manie. Ta petite sœur sait se contrôler. Elle scrute ton univers, renifle cette existence sans elle. Elle parle de ton puzzle, de la cassette de Prince que ton frère t'avait fait remettre, en y glissant un mot doux interdit par tes médecins, mais non intercepté. Il était fier de son coup.

Morgane t'a apporté les échantillons du lambris de la maison qu'on rénove pour toi. On a tout cassé pour t'offrir une chambre plus grande, pour te faire oublier celle où tu t'es morfondue. Comme les travaux vont durer longtemps, tu vas pouvoir dormir dans la sienne. Tu nous as dit ne rêver qu'à cela. Un soir, la petite bonne femme a porté sur son dos ton matelas, puis ta literie. Elle les a installés au pied de son lit.

Elle te somme de choisir entre les couleurs de bois. Elle a ses idées. Très vite, elle te parle de sa classe, du nom de ses professeurs de Sainte-Marie, te demande si tu les as déjà eus. Elle se soûle de phrases trop longtemps refoulées. Je me retrouve dans la peau des médecins d'il y a dix jours. Confusément, je me sens de trop.

C'est si beau à regarder ces morceaux qui se recollent. Cette même et unique petite fille qui me fait face.

Boulogne, 12 novembre

Les chacals ont encore aboyé. Ou hurlé. Je ne sais pas comment ça s'exprime, un chacal, même sous la fourrure d'un journaliste mais c'est pour troubler la quiétude. Voilà longtemps que je ne sais plus ce qu'est un repos serein. Sur le moment, leurs cris ne m'ont donc pas déchiré les tympans. Le lendemain, c'était moins bien…

Depuis le début de l'année, ils ne me lâchent pas. Aucun répit de plus de trois semaines. Je compte ; je crois toujours que c'est la queue du cyclone.

En octobre, on m'a rapporté une de ces belles phrases des cruels dîners en ville du monde médiatico-politique. Le mien… « Il en bave avec sa fille. C'est le moment. Il finira bien par craquer. » L'auteur de cette noble pensée est ministre de la République.

J'en bave, monsieur le Ministre, mais c'est elle qui me donne le courage de continuer. Et la force de vous écraser de mon mépris. Occupez-vous de vos filles, si vous en avez. Aimez-les comme j'aime les miennes. Et foutez-moi la paix.

Paris, 13 novembre

L'année dernière déjà, mon métier me fit un joli cadeau de Noël, bien gluant, bien crapoteux.

J'avais prévu d'emmener mes enfants à la messe de Minuit dans une église de Normandie, chez mes parents. La veille, un magazine qui fait commerce de la vie privée d'autrui, jugeant la spécialité d'un bon rapport, avait consacré sa Une à une photo banale. Prise au téléobjectif, elle me représentait en compagnie d'une de mes consœurs, devisant autour de mon scooter. Il suffisait d'y ajouter une légende et le tour était joué. A l'intérieur, deux pages, tout aussi anodinement illustrées, et mêlant dans le texte guimauve et filature policière. Quelques semaines après, le journal fut lourdement condamné. Et sommé, ce qui était une première dans les mœurs judiciaires, de publier cette condamnation en Une.

Le directeur de la publication nous adressa une lettre suffisamment ambiguë pour qu'elle ne puisse être utilisée à l'audience, dans laquelle il s'excusait sans s'excuser, regrettait sans regretter, fustigeait ses collaborateurs sans prendre de sanctions à leur encontre. Ce patron de presse se veut citoyen honorable, il est possible qu'on le décore un jour de la Légion d'honneur. Il a peut-être des enfants, et comme tout le monde, une vie privée. Je n'irai jamais fouiller dans la sienne. Je souhaite simplement que le hasard le conduise un jour à ce livre.

Mon milieu — le sien — ne se distingua pas par un courage étincelant. Si prompt à faire des moulinets dans le vide dès qu'il s'agit des grands principes, il ne sortit guère l'épée du fourreau pour fustiger un exemple concret de dérapage. Les plus vicieux prirent prétexte du cas d'école pour raconter toute l'affaire par le menu. Il fallait bien concilier morale et profit... Les vautours sortirent du bois, survolèrent le paysage audiovisuel, prièrent pour que je mette genou en terre, me mordillèrent l'estomac, noyèrent l'affaire avec deux ou trois autres, d'inégale importance, et s'intéressèrent à de nouvelles proies.

J'étais sonné mais debout. Mon état avait hélas peu d'importance. Une des lances qui m'avaient traversé le corps sans trop de dommages avait atteint au cœur Solenn, en apparence pourtant la plus insouciante de mes filles. Sur le moment d'ailleurs, je ne vis rien. Pas la moindre goutte de sang. Juste un léger mutisme, un mal de vivre qu'on a envie d'attribuer à l'adolescence. Elle avait commencé depuis l'automne un régime. Quand, au lendemain de cette affreuse veillée de Noël, peuplée de remords et de cauchemars de titres racoleurs, je la pris par la main pour l'emmener dans un îlot de l'océan Indien, face à notre inaccessible île Poivre, je la trouvais belle comme un cœur. De 56 kilos, elle était arrivée à 45 par la force du poignet.

Rien d'inquiétant au retour pendant près de deux mois. Elle continuait à maigrir. Nous pensions simplement qu'il était temps d'arrêter le régime. Le 7 mars, elle nous lança un premier appel de détresse de Megève où elle était partie en vacances avec des amis. Pour la première fois, elle pleura au téléphone. Elle avait froid, n'arrivait plus à skier et n'avait plus envie de rien. Je pris un avion pour une station voisine, je la fis rapatrier par des amis, et avec l'aide de l'atmosphère affectueuse d'un milieu d'adultes, j'espérais bien la remettre sur pied. Nous nous retrouvâmes dans le hammam de l'hôtel. Elle était déjà bien trop maigre sous son maillot mais cette conversation nous soulagea tous deux. Elle essaya de desserrer des nœuds, de libérer des points de tension ; nous eûmes le bonheur d'un premier vrai papotage fille-père. J'évoquai nos souvenirs de cinéma, ces grandes discussions de mafieux ou de mères de famille dans la vapeur des hammams. Elle était fière de ces échanges et de cette liberté. De ce jour-là était née une complicité à vie.

Pourtant, elle n'allait cesser de décliner. 40 kilos aux sports d'hiver, 38 le mois suivant, puis 36, 34. Nous l'avions fait suivre par une nutritionniste qui, patiemment, essaya de rééquilibrer son régime. Ce fut peine perdue. Un psychiatre à son tour parla dans le désert. Ou plutôt ne parla pas. Il avait simplement voulu l'écouter. Elle n'avait rien à lui dire. Son médecin nous donna l'adresse d'une pédiatre qui exerçait dans un service pour adolescents à l'hôpital du Kremlin-Bicêtre. Caroline R. s'entendit dès la première seconde avec Solenn. Elle la fit longuement parler, et un peu pleurer. Il n'était pas bien difficile de diagnostiquer un cas avancé d'anorexie mentale mais il n'y avait pas de remède miracle. Pas un médicament, rien à avaler, rien à faire, juste à travailler sur soi-même, si l'on voulait échapper à l'hôpital. A 33 kilos, il était encore temps, à 31 ce serait trop tard, à 30 elle serait en danger de mort, à tout moment.

L'été fut atroce. Nous essayâmes de la motiver par tous les moyens : un stage dans un magazine féminin chez une fille formidable, un voyage en Scandinavie, un week-end chez sa cousine à Nice, des escapades de-ci, de-là, des attentions de mère, de sœurs, de frère, de père, des déjeuners dans des restaurants de luxe. Rien n'y fit. Elle ne nous communiquait plus son poids depuis longtemps mais nous savions que nous frôlions la barre dangereuse.

A l'hôpital, le service des adolescents étant fermé en août, il fallait, coûte que coûte, lui tenir la tête hors de l'eau. A bout de bras, ce petit sac d'os et de désespoir. 31 kilos, début septembre. Solenn était découragée. Par trois fois, elle avait tenté d'éviter l'hospitalisation. Pendant deux mois, elle n'aurait le droit de voir quiconque, nous n'aurions pas l'autorisation de lui écrire, de lui téléphoner, de lui transmettre le moindre message. Mais elle avait envie de poser son balluchon sur le bord de la route. Envie de l'ouvrir, de trier, de tout remettre en place et de revivre comme toutes les jeunes filles du monde. Elle pressentait qu'elle avait déjà un pied hors de la zone vitale.

Le 11 septembre, elle fut hospitalisée. Commença alors pour moi une longue nuit que ce journal m'a aidé à déchirer.

Saint-Barthélemy, 15 novembre

Une fois de plus, une dernière fois peut-être, je me suis échappé de l'hôpital du Kremlin-Bicêtre. Je ne supporte plus de savoir ma fille sous cloche à quelques kilomètres de moi. De passer mes fins de semaine sans elle, de gigoter à l'air libre si près de son cube de verre et de béton.

C'est mon neuvième week-end sans elle, ma neuvième tentative de fuite. Tous les lundis, on me rattrape, on me rattache à mon ancre, on me demande de faire bonne figure pour deux cents personnes dans la journée et pour dix millions d'autres le soir.

Je suis aujourd'hui à sept mille kilomètres de l'hôpital, en un lieu que tu as aimé petite. Evidemment, il pleut. Depuis le début de notre histoire, le ciel s'est mis pendant mes errances en harmonie lacrymale. Ça s'arrêtera un jour, lui aussi épuisera ses réserves.

Sept heures du matin. Il fait doux. Je cours le long

de l'anse Saint-Jean. Je me lave dans cette mer familière, désertée ce matin par les touristes. Depuis quinze ans ils colonisent ce petit éclat de rêve que je ne croyais qu'à nous. Mais Saint-Barthélemy m'a toujours apaisé.

J'y suis venu cette fois-ci pour l'arrivée d'une course transatlantique. Les marins sont joyeux, monomaniaques dans leur passion. La tête détrempée par les embruns, les yeux ailleurs, de l'autre côté du quai, de l'autre côté de l'Océan. Ils m'apprécient pour ce que je suis, se fichent du reste. Un jour, si j'en ai le courage et le temps, je traverserai comme eux l'Atlantique.

Pour le moment, ce serait plutôt la mer des Sargasses. Je suis englué dans le manque de toi. J'ai peur de te trahir en désertant Paris ? Fuir ma désespérance. Demain, peut-être, la retrouver.

Paris, 17 novembre

J'ai déjà parlé de Solenn dans un livre, il y a cinq ans. J'y mêlais fantasmes et ombres frôlées. Je passais en revue des femmes idolâtrées, pour la plupart éteintes depuis des siècles. Des passions de gosse, d'adolescent, de chenapan, de vieux gamin, de cœur d'artichaut.

Dans ce Parnasse, j'avais bien sûr installé mes filles en bonne place. Cela gêna Solenn. Elle venait à l'époque d'avoir douze ans et n'aima pas certains détails qu'elle garda longtemps pour elle.

Un jour, elle osa me les reprocher et je m'en voulus. Pour ce livre, je lui demanderai donc la permission.

Pourtant, je l'avais mise sur piédestal dans *Les Femmes de ma vie*. Je voulais déjà qu'elle soit la meilleure, la plus pure, la réincarnation de la Sainte Vierge. Ce qui l'a toujours agacée. Comment lui donner tort ? Mais pourquoi me jeter la pierre ? Un père a toujours envie que ses enfants soient plus parfaits que lui. Sans ses propres turpitudes.

De ce qu'elle n'avait pas détesté, je veux garder cette comparaison avec la Juliette de Shakespeare. « *C'est à seize ans précisément que Juliette mourut, belle Solenn. Mourut d'avoir trop aimé. Aime fort, toi aussi, ma biche. Mais sans faire de mal à ton père. A Vérone, chez les Capulet et les Montaigu, il fallait choisir entre son père et son amant. Roméo en mourra, Juliette aussi. Et c'est parce que cette petite chevrette s'est battue jusqu'à l'aube, jusqu'à la mort, pour rester intègre, intégrale, qu'elle m'a fasciné aux premières sèves montantes.* »

Quatre ans auparavant — nous étions en 1984 — j'avais publié un autre livre, *Deux Amants,* dans lequel j'essayais de l'imaginer jeune fille. Elle n'avait que huit ans. Nul ne savait la déchiffrer. Tout en elle était déconcertant. Je voulais deviner son destin ; je l'avais confié à mon héroïne Pénélope, qui avec son frère Kenneth — de quatre ans son aîné, comme Arnaud — allait découvrir sur une lande de Cornouailles une histoire qui devait bouleverser sa vie :

« *Pénélope avait douze ans, déjà des formes, des yeux d'un bleu délavé et des cheveux de lin. Un drôle de nez qui émergeait à peine au milieu du visage. Elle souriait toujours à demi, surtout lorsqu'elle était intimidée. Elle vivait sur un petit nuage, à deux-trois pieds du sol seulement, et paraissait étonnée d'être là, si différente, sans ostentation. On ne la jugeait pas très alerte, mais exceptionnellement intuitive. On avait peur de la déranger, on ne savait jamais quelle porte pousser pour pénétrer ses rêves.* »

C'était, Solenn, ton portrait tout craché. Quatre

ans plus tard, au moment des *Femmes de ma vie*, tout avait déjà émergé de toi. Ton petit bout de nez, tes yeux bleu glacier, ton front bombé. Une personnalité affirmée et de plus en plus affectueuse.

Quatre ans encore, et te voilà à nouveau au centre d'un livre. Cette fois-ci, la reine unique, face au soliloque d'un roi déchu, ton papa.

Tu as deux fois l'âge du premier roman qui parlait de toi. Mais toute ma vie, je te repéterai ce que je te disais à l'époque :

« *Il faut aimer, Solenn, et être aimée, à déraisonner. Il faut brûler de passion, détester l'eau calme qui croupit et écouter Boris Yasenski : " Ne crains pas tes ennemis : au plus ils pourraient te tuer. Ne crains pas tes amis : au plus ils pourraient te trahir. Crains les indifférents, ils ne tuent ni ne trahissent, mais c'est par leur consentement silencieux que les traîtres et les assassins vivent sur cette terre.* " »

Il n'y a pas un mot à changer. Je crois savoir aujourd'hui ce que sont et qui sont les traîtres, les assassins et les indifférents. Ils font en ce moment leur sale boulot mais ils n'arriveront jamais à toucher à ma petite fille.

Paris, 18 novembre

J'ai oublié ce poème que je t'avais aussi offert en livre. Il est de Xavier Grall, peu avant sa mort, et dédié à une autre Solenn :

« *Mon âme que ferons-nous de toutes souvenances*
en notre cœur meurtri dépenaillé
j'ai perdu ma jeunesse et ma lande
les feux se sont éteints au verglas des absences,
ronciers givre ont descellé demeures lentement
nostalgiquement au néant de mes jours qui s'en vont
ma tête n'est que masure ouverte à tout passant
et me voici dans la Colline ce Hurlevent des dolences
mon âme t'en souviens-tu des harpes de Brenn-Héol
mortes les saisons les braises sont éteintes
agonisent musiques dans le fond des étangs
quel drôle de Tristan fais-tu barde inécouté
chiens du Ménez-Hom venez, venez
cherchez-moi dans la tourbe et dans l'ajonc coupé
sur les villages dormants tintent les pluies mortelles

j'ai vécu ma vie j'ai crevé mon cheval
follement j'ai brûlé ma vie comme une lampe
adieu chemins adieu vallée adieu...

Xavier Grall
Sône des pluies et des tombes

Paris, 20 novembre

Un déchirement de drap, au petit matin. C'est elle qui me réveille au téléphone. Elle est en larmes. Ils ne veulent pas la laisser sortir. J'entends l'hôpital autour d'elle. Mangeur de petites filles qui ne recrache que les pépins. Laisse-moi Solenn, juste pour quelques heures. Les 40 grammes qui lui manquent pour un bon de sortie, elle va les prendre dans la journée. 40 grammes de bonheur allégé, pour le plaisir de nous retrouver. Hôpital, relâche-la.

Les Sables-d'Olonne, 22 novembre

Fuite encore. Je suis venu assister au départ d'une course autour du monde qui m'a toujours fait rêver. Cent jours sans escale, seul à la barre de son bateau, avec trois caps pour unique repère, Bonne-Espérance, Leuven, Horn. La plupart du temps, les navigateurs ne les voient même pas, ils les devinent. Brume, danger, peut-être aussi peur d'entendre les bruits du monde, d'apercevoir les lumières de la terre. Cent jours pour se laver la tête, pour fouiller ses entrailles, explorer ses limites, se regarder dans un miroir. Cent jours pour grimper dans la mâture, affaler des voiles qui pourraient si facilement vous servir de linceul, visser des boulons, écoper à tire-larigot, lutter contre le sommeil, tempêter contre l'adversité, sentir le moisi. Pour revenir au point de départ. Les Sables-Les Sables. S'ensabler dans ce retour sur soi, cette vanité de la boucle qui se referme, ce point de non-retour d'où on ne peut plus rien.

Je vais repartir vers Paris. Ils entament leur première nuit en mer. Il y en aura bien d'autres. Tant de vraie solitude. Celle que je n'ai pas le courage d'affronter. Si j'en avais eu la force, le talent, le savoir-faire, le culot, j'aurais emprunté le bateau de l'organisateur de la course, Philippe Jeantot, qui le dompta pour tant de courses transocéaniques et qui le laisse à quai pour le moment, faute d'acheteur. J'aurais laissé les miasmes à terre, et toute cette chiennerie, ces rumeurs fécales, ces jalousies trop mal maquillées. J'aurais taillé ma route, avec *Le Livre des fuites* de Jean-Marie Le Clézio et *Départ dans la nuit* d'Emmanuel Bove. De temps à autre, je me serais retourné pour regarder mon sillage, sa qualité, sa droiture. Tant d'écume remuée pour un si petit plaisir, si peu de mousse dans la minute qui suit. La mer qui absorbe tout, qui oublie tout, qui avale les détresses et les espoirs des marins. Certains sont partis pour gagner, d'autres pour vaincre leur peur, pour assouvir leur rêve d'enfant, pour fuir trop de banalités ou de mochetés. On m'a demandé d'appuyer sur la détente du fusil pour donner le départ et libérer les poissons volants. J'aurais pu braquer l'arme où je voulais, mais les cartouches étaient à blanc...

Petit cormoran englué dans le mazout, rêve de navigateur en chambre à jamais amarré à quai, trouille de fonctionnaire de l'information. Te voilà ce soir dans un avion, comme tout le monde, de retour sur Paris. Demain, tu seras dans ta cloche à fromages. Et quatorze esprits libres navigueront comme bon leur semble, où bon leur semble.

Je t'aurais emmenée avec moi, mon amour. Tous les soirs, je t'aurais écrit un poème. Pour tromper ma solitude, je t'aurais imaginée sous le plat-bord, tout près de la table à cartes. Je t'aurais parlé, j'aurais imaginé tes réponses. Petite passagère clandestine, tu me manques.

La Roche-sur-Yon, 22 novembre

Novembre est doux. Les feuilles rousses courent sur la place Napoléon. Et nous plus vite encore.

Olivier est venu me rejoindre pour le départ de la course. Il a pris quelques heures à sa Tchécoslovaquie. Juste un coup d'épaule, un coup de frère.

Si l'on court, c'est qu'on a une heure, lui pour retrouver son parrain, moi pour retrouver ma marraine. Ils sont mari et femme. Ne répondent pas au téléphone. On court de plus belle. Pour essayer de localiser la tombe de leur fils, Dominique, notre double rêvé, qui a fini par tirer à la vie une ultime révérence après avoir fait tant de pieds de nez à la scène. Deux ans plus tôt, sa femme était morte à ses côtés dans un accident de voiture. La Comédie-Française tenta de lui redonner une âme, mais il était trop tard.

Tant de peines éperdues dans ce cimetière. De noms inconnus. De tombes sans Dominique. Nous sommes pressés par le temps. Chacun sa rangée. Il n'est pas là. La nuit tombe. A la porte du cimetière, une petite vieille tapie dans une maison de gardien : « Le concierge n'est pas là. Les morts, ce n'est pas l'affaire des femmes. »

Pas plus de vies que de morts. Nous galopons toujours plus vite. L'avion du retour décolle dans vingt minutes. J'écume l'annuaire des renseignements téléphoniques. Je finis par dénicher Pascale, la sœur de Dominique, que je n'ai pas revue depuis longtemps. Elle accourt.

Dans sa voiture, sa fille. Et les deux enfants de Dominique et de sa femme, qu'elle a voulu recueillir. Cette fille a un cœur d'or. A l'arrière de la voiture, les deux petites orphelines sourient, ravies à l'idée de voir décoller un avion sur l'aérodrome de La Roche-sur-Yon, qui n'a rien d'international. Elles ont cinq et sept ans. Elles sont aux anges. Olivier, Olga et moi aussi. Pourquoi triturer nos malheurs, tripoter nos cache-misère ? Tu es en vie, Solenn, comme moi. On va donc se retrouver.

Si douce, la Vendée de novembre.

Paris, 25 novembre

Aujourd'hui est sorti un très beau film de Christine Pascal : *Le Petit Prince a dit.* L'histoire d'une petite fille de dix ans, Violette, et de son papa. La fillette a mal à la tête. Elle agace tout le monde. On découvre que les migraines ont pour origine une tumeur cancéreuse. Au milieu du film, Violette demande à son père : « Dis, papa, je vais mourir quand ? » A la fin, on ne saura pas.

Je suis sorti le premier de la salle de projection, pour qu'on ne me voie pas. Sur mon scooter, sous mon casque, j'allais mieux ; j'étais chez moi, avec toi dans ma tête. Petite tumeur envahissante, petit animal chaud qui me donne du bien et du mal dans le même battement de veine, sous la tempe.

Paris, 26 novembre

C'était bien avant les années Sida. Une jeune fille est morte, « météore de l'écriture, assassinée par son siècle », dit son éditeur, Christian de Bartillat. Valérie Valère avait à peine vingt ans. Elle était anorexique à en crever. D'ailleurs elle en est morte. De ça et de tout.

A l'âge de Solenn, elle avait écrit un roman qui criait de partout : *Le Pavillon des enfants fous*. Elle venait de vivre, comme ma fille, une expérience d'internement. On l'a libérée. Elle en a profité pour écrire, comme d'autres respirent. Six livres. Le dernier, inédit, qui vient de sortir le mois dernier annonçait déjà sa fin : *La Station des Désespérés ou les couleurs de la mort.*

Cette fin-là, il me revint de l'annoncer il y a dix ans, au journal télévisé. J'étais bouleversé, je ne l'avais jamais rencontrée mais j'ai parlé d'elle comme d'une intime.

Dans son livre, elle racontait l'histoire de quatre

jeunes gens victimes d'un mal incurable. Ils l'apprennent l'un après l'autre et imaginent leur mort. Nombreux sont aujourd'hui les écrivains à se regarder ainsi dans la glace et à trouver, au fond de l'œil, les couleurs de la mort. Au début des années 80, avant que n'apparaisse le fléau de cette fin de siècle, cela ne se faisait pas. Mais Valérie Valère voit en elle la maladie de Solenn, celle qui mange les jeunettes et les empêche de manger :

« *Elle ne veut pas mourir. Pourquoi elle ? Pourquoi, par exemple, ses enfants continueraient-ils à vivre dans l'insouciance ? Ils se moqueront bien de son absence... Peut-être même en seront-ils soulagés... Elle ne veut pas être leur source de joie ! Jamais ! Elle préfère encore continuer sa vie médiocre et inhumaine, elle préfère tout... Elle n'a pas le pouvoir de choisir... Elle est impuissante. Regarder les trains passer, c'est tout ce qui lui est permis.*

Tunnels d'un labyrinthe sans issue, elle s'y perd, le regard absent et les mains glacées, aucune image et aucun rêve, pas même le noir.

Errance interminable, désespoir toujours plus douloureux, amère rancune devant l'injustice désormais gravée sur les murs de sa prison imaginaire. »

A la fin du livre, Valérie Valère a simplement écrit : « *Sautant par-dessus la morte amnistiée, elle s'arrête à la Station des Désespérés.* »

Paris, 27 novembre

Moi aussi, j'ai maigri. J'ai fondu à une allure vertigineuse ces dernières semaines. Je ne l'ai pas fait exprès. Toi non plus. Je ne sais pas trop si j'ai le droit de te le dire, ça ne va pas beaucoup t'aider à reprendre du poids. Mais je crois que tu t'en es aperçue lors de mes dernières visites à l'hôpital.

Vézelay, 28 novembre

L'Espérance. C'est un peu à cause du nom que j'ai choisi de t'emmener à Vézelay pour ta première sortie hors de Paris. Parce que aussi Marc est loyal ; je l'ai vu s'occuper d'amis à la dérive, ou en apnée. Tout là-haut, la Basilique nous protège de sa paix monumentale. A ses pieds, le petit village de Saint-Père n'a jamais beaucoup aimé le bourg rival mais aujourd'hui, c'est dans le restaurant de Marc que s'arrêtent les belles limousines du monde entier.

Tu aimes le raffinement, les attentions. Il y a tout cela à L'Espérance. Un jeune sommelier te parle de toutes ses variétés de thé. Tu l'écoutes béate, tu prends des égards pour choisir celle qui te conviendra. Comme si tu hésitais entre caviar et foie gras. Si au moins tu pouvais te bourrer de tout ce luxe. Amour, tu as un crédit illimité, je t'offrirai tout ce qu'il faudra pour te remplumer.

Elle en est encore au thé. A chipoter avec grâce. Le garçon lui écrit sur une feuille de papier les variétés qu'il préconise. Elle ira se les acheter à Paris. Je connais un magasin tout rouge et parfumé qui ne vend que du thé et des madeleines.

Solenn est heureuse. On s'occupe d'elle, on s'agite autour de sa très mince personne. Je la regarde en coin. Elle me sourit.

A la fin du repas, arrive le petit Pierre, le fils de Marc et Françoise. Six ans et demi. Tous les samedis, il imagine un dessert qu'il confectionnera dans la journée et qu'il ira offrir au client de son choix.

Il est allé vers Solenn, attendrie. Il ne sait pas qu'elle ne mangera pas sa tarte à l'orange. Elle tord le nez quand on lui parle de sucre. Elle plisse ce qui lui reste de peau sur le front pour nous décourager d'insister. On se sent alors tout bête, malséant, on s'en veut ; c'est ridicule, c'est à elle qu'il faut en vouloir.

Petit Pierre est reparti, avec son tablier de futur chef. Ma fille a retrouvé le sourire. Marc lui a proposé de revenir pour les fêtes de fin d'année, si elle en a le droit, pour s'agiter un peu en salle ou à la réception. Solenn a repris de l'importance. Tout s'harmonise à nouveau à elle.

Dehors, le vent souffle avec violence ; les arbres s'inclinent, lui tirent une révérence.

Vézelay, 29 novembre

Solenn a lu hier la centaine de feuillets que j'ai glissés dans mon sac de voyage. Elle vient me rejoindre dans ma chambre pour m'en parler. Elle est émue aux larmes. Elle devinait que je l'aimais comme un fou en ce moment mais elle me reproche de l'idéaliser. « Je ne suis pas à la hauteur de cette fille-là. »

Je lui dis que c'est ainsi que je la perçois, elle ne me croit qu'à moitié. Elle a peur de ne pas ressembler à ce que j'écris aimer d'elle. Elle est quand même très fière de son portrait.

Je lui demande si j'ai le droit de publier tout ça, de l'offrir à d'autres. « Oh oui ! » J'insiste, je veux savoir s'il n'y a rien à gommer, s'il n'y a rien d'impudique. Elle me jure que non. Elle a pourtant coché deux phrases dans mes notes, pour mieux comprendre. L'une n'est pas claire, elle a raison. Elle a été écrite à Biarritz. Elle évoque le regard qu'elle porte sur moi, enfermé dans son téléviseur de l'hôpital. Je vais la réécrire.

L'autre tient sur une page tout entière. Ecrite en très gros caractères : « On n'a pas le droit d'aimer sa fille comme ça. » Je me souviens du jour, de l'endroit, un petit bistrot de la rue Meyerbeer en début d'après-midi, le 5 novembre après un film. J'arrivais le matin des Etats-Unis. Pendant 48 heures, aidé par le décalage horaire, j'avais gardé les yeux ouverts. Et tout ce qui me revenait de Solenn était doux. Le lundi, j'avais eu la permission de la voir pour la première fois depuis deux mois.

Elle a voulu savoir ce que signifiait : avoir le droit. Elle a ri. J'ai gardé la phrase.

A la fin, elle m'a répété qu'elle n'appréciait pas tout ce que j'avais dit d'elle dans *Les Femmes de ma vie*. J'ai donc rayé ma citation et l'ai remplacée par une autre, qui lui plaisait davantage. La référence à Roméo et Juliette lui allait comme un gant.

Elle a quitté ma chambre pleine de fierté. Et moi donc...

Paris, 30 novembre

A une réunion de parents d'anorexiques, Véronique a entendu un père raconter qu'il avait écrit deux cents pages sur sa fille, pendant son hospitalisation. A sa sortie, il les lui a données. Elle les a lues et n'a rien dit. Il n'a toujours pas osé lui demander ce qu'elle en pensait.

Je crois désormais que je vais publier ce journal. J'avais besoin des encouragements de Solenn. Tout ce qui sera bon pour elle est à prendre.

Paris, 1er décembre

Les affiches ont changé sur les kiosques. Cinq jours que j'attendais ça. Samedi, pour la première sortie de Solenn, j'avais tout fait pour ruser au volant. J'essayais d'éviter ma photo, placardée en grand format, comme au temps des westerns. Wanted. Recherché. Profil pensif. Titre accrocheur, pour faire vendre... Le vendu, c'était moi.

Je crois qu'elle n'a pas vu l'affiche.

Joigny, 2 décembre

Austerlitz.

Voilà huit jours que j'ai besoin de ma petite page d'écriture quotidienne. Je sais que je vais finir par radoter. J'ai donc décidé d'arrêter le 11 décembre, où que nous soyons, elle et moi. Ce sera le jour de ses dix-sept ans et trois mois tout juste après le début de son hospitalisation.

Comme dans les films qui me plaisent, il faut laisser une fin ouverte. Celle qu'on va pouvoir espérer, l'un et l'autre, sans insulter l'avenir.

Tout imaginer.

Paris, 3 décembre

Tout imaginer. Imbécile. Il a suffi de l'écrire et tout s'est cassé la figure.

On l'a pesée. Elle a reperdu trois kilos, sous nos yeux, mais sans qu'on en voie rien. Repassée à 34. Dans une semaine, à ce rythme, elle reviendra à la case départ. 31. A nouveau la trouille de la petite boîte en sapin.

J'ai appris ça au bureau. Je ferme la porte. Je hurle.

Ça ne sert à rien. Mais qu'elle mange, la petite donzelle, qu'elle bouffe, qu'elle se bâfre, qu'elle prenne les jambes à son cou pour fuir la zone dangereuse.

Pourquoi n'ai-je rien vu à Vézelay ? Face à moi, elle me donnait tant l'impression du bonheur retrouvé. Je la voyais manger, elle devait picorer.

Pourquoi ces kilos reperdus alors que tout lui souriait ? Je n'ose pas lui téléphoner, pour ne pas la brusquer. De toute façon, elle ne doit pas connaître la réponse. Cette maladie est une saloperie.

Paris, 4 décembre

L'hôpital a fait savoir qu'ils ne pourraient la garder en longue maladie. Si elle ne se reprend pas, il faudra chercher ailleurs, lui installer une sonde. Et pour nous, un robinet dans la tête, avec un goutte-à-goutte pour supplice chinois.

On entrevoyait un morceau de ciel bleu. Tout a basculé si vite, un écœurement de bonheurs mal digérés.

Faites qu'elle s'en sorte, et moi avec. Chien crevé au fil de l'eau, jour pluvieux sur nos têtes, éclats de joie déjà usés, de l'impuissance à l'état brut. Du malheur pour longtemps. Non, juste pour aujourd'hui.

Paris, 5 décembre

Pardonne-moi, mon cahier, pour hier. Les jours raccourcissent trop. Ils m'enserrent le cerveau. Ce n'était qu'un moment d'abattement. Je me reprendrai.

J'ai voulu partir aujourd'hui à Trégastel. J'ai une nouvelle fois différé. C'est encore à cause de Solenn. On y a passé un tel été de chien. Je l'ai vue dépérir là-bas, jusqu'à ne plus pouvoir bouger, en attendant l'hôpital comme l'abattoir pour la brebis.

Tant de souvenirs heureux balayés par ce mois d'août, cette molle lenteur de l'inéluctable.

Le lichen qui se réchauffe sur le granit, la fougère détrempée, la terre pleine de sable, les embruns mêlés à la pluie. Ce goût de Bretagne qui me manque atrocement et que je n'ose plus retrouver.

Je n'y ai fait qu'un aller et retour le 20 septembre, pour aller voter. C'était le jour de mon anniversaire.

Toutes ces années mouillées d'eau de mer depuis mes premiers châteaux de sable sur la Grève Blanche.

Le temps qui coule désormais entre mes mains mal jointes.

Il me manque la force de la prière.

Avant, ma force, c'était Trégastel, l'entrée mal pavée de son port, l'amoncellement de ses rochers de granit rose, ses plages que j'ai sillonnées tous les jours en courant, en m'y baignant hiver comme été.

Attends-moi, Trégor, dès qu'elle ira mieux, j'arriverai.

Andé, 6 décembre

Elle a choisi Andé pour seconde sortie.

C'est là qu'habitent mes parents, en Normandie.

Elle a pleuré dans les bras de ma mère. Elle est allée retrouver sa chambre de petite fille. Elle a touché la poupée qui l'y attendait.

Je l'ai regardée profiter avec entrain du déjeuner. Elle m'a souvent souri pour me rassurer.

Je crois qu'elle a été heureuse trois bonnes heures.

Paris, 7 décembre

Grisaille de lundi. Moral dans les chaussettes. Ma Somalienne dépérit. Elle fait un trou dans la famille. Le tissu s'effiloche. Nous baissons la garde, les uns après les autres. Il en reste toujours un, ou une, pour afficher l'optimisme, fût-il de façade. Nous nous relayons mécaniquement, pour ne pas l'entraîner à son tour dans ce puits sans fond qu'elle a creusé.

Il arrive même qu'elle nous agace. Chantage sentimental. « Elle nous pompe », dit Morgane, sa plus fidèle alliée. Véronique a peur de la haine, dont lui ont parlé certains parents d'anorexiques. Le rejet de la malade par des familles à bout. Un besoin d'expulsion, pour souffler, pour souffrir en silence, sans haute tension.

Les nœuds d'électricité se rechargent au-dessus de nos têtes, aux moments les plus inattendus, au détour d'une conversation anodine, d'une plaisanterie mal venue... Et dès qu'il s'agit de nourriture, tout est mal venu. Ce petit bout d'omelette autour duquel elle a tant rôdé, ce morceau d'œuf réduit à la taille d'un ongle, et Solenn qui chipote encore. Arnaud qui tente un mot d'humour, Solenn qui se raidit, se ferme pour toute la soirée. Notre silence pour ne pas envenimer les choses, mais une violente envie de faire éclater l'orage, pour nous laver de ces fautes imaginaires qui ruissellent en nous. Peut-être aussi pour la brusquer, pour la forcer au bonheur.

Se blinder. Faire tout ce qui est possible pour ne pas lui en vouloir. Elle sait qu'elle nous démolit : « Je me rends compte que je deviens méchante. » Elle ne veut plus passer son bac, même à la session de septembre. Je ne sais plus si elle veut guérir. Arnaud l'a regardée, immobile dans sa chambre : « On dirait une morte sur son lit. »

Paris, 8 décembre

Il est temps que j'achève ce journal. J'ai trop peur du découragement. Tant d'amis sont partis. Seule, Claire m'aura aidé, irremplaçable.

Mes pairs, flairant le fauve blessé, me bousculent à longueur de colonnes.

Les nuages se sont amoncelés. Je suis tendu comme une corde de piano. Ma fille s'est incrustée comme un kyste dans ma chair. Je veux crier ça au monde. Elle me le demande avec insistance. Pas seulement par fierté, par amour, mais aussi comme une bouée. La possibilité d'un sauvetage aléatoire ; une nouvelle corne de brume.

Ces pages-là ne serviront sans doute qu'à nous deux. Il n'y a pas de recette, pas de miracle, pas de guide à l'usage de familles en perdition. Juste la plainte d'un père, pas encore assez fort pour garder ça pour lui.

Paris, 9 décembre

Les Marines ont débarqué la nuit dernière en Somalie, dans un fouillis de caméras, de flashes, de micros. Intrusion hollywoodienne dans la nuit africaine. Nous sourions, haussons les épaules ou nous indignons. Mais que se passe-t-il là-bas dans la tête de ces mères de famille qui attendent que gonflent leurs seins, que monte le lait et qu'arrive la nourriture ? Elles n'ont pas la télévision et s'en passent fort bien. La vraie vie est ailleurs.

Pourtant, le télédébarquement de cette armada n'aura été rendu possible que grâce à nos images, celles que nous diffusons presque chaque jour depuis neuf mois, jusqu'à la nausée. Les opinions se sont émues, les gouvernements ont suivi. J'ai trop répété sur ces feuillets que je n'aimais pas mon milieu pour ne pas dire que, dans ces moments-là, j'adore mon métier.

Je retournerai donc après-demain en Somalie. Ce jour-là Solenn aura dix-sept ans. Et je refermerai mon cahier.

Paris, 10 décembre

Ce devait être jour de fête. J'avais prévu d'emmener Solenn dans un restaurant de palace, pour son anniversaire. On nous avait réservé la plus belle table, face à l'Obélisque de la place de la Concorde. Les réverbères avaient dû se poudrer pour la cérémonie. Ils peuvent s'éteindre, nous ne viendrons pas.

Solenn ne peut pas aller au restaurant. Arnaud et Morgane s'en étaient fait une joie. Ils l'ont enfouie sous leur mouchoir. Le bonheur à cinq, ce sera pour plus tard.

Je ne suis plus sûr de pouvoir passer Noël avec elle.

Mogadiscio, 11 décembre

Il n'aura pas cessé de pleuvoir pendant trois mois. 1992 va bien finir par rendre l'âme. Une année sans gaieté. Pas une semaine entière de légèreté. Ça ne pourra pas être pire demain.

Autour de moi, sur l'aéroport, dans la nuit tombante, à nouveau des Somaliennes, des vraies. La mienne me manque. J'ai besoin d'une bougie dans cette nuit polaire. J'ai couché Solenn sur papier entre deux voyages là-bas. Entre parenthèses, entre deux absences. Il y en aura d'autres.

Qu'elle revienne, l'absente...

Composition réalisée par BUSSIÈRE 18200 Saint-Amand-Montrond

IMPRIMÉ EN FRANCE PAR BRODARD ET TAUPIN
Usine de La Flèche (Sarthe).
LIBRAIRIE GÉNÉRALE FRANÇAISE - 6, rue Pierre-Sarrazin - 75006 Paris.

ISBN : 2 - 253 - 13547 - X 31/3547/2